ANNIE SAUMONT

Née à Cherbourg, Annie Saumont a passé son enfance et son adolescence près de Rouen. Elle part travailler à Paris et devient traductrice, notamment de J. D. Salinger, John Fowles et V. S. Naipaul. Depuis toujours, Annie Saumont se consacre à l'écriture. Avec quelques romans parus avant 1976 et, depuis, plus de deux cents nouvelles réunies dans une vingtaine de recueils, Annie Saumont a reçu de nombreux prix, dont le Goncourt de la nouvelle pour *Quelquefois dans les cérémonies*, le grand prix de la nouvelle de la Société des gens de lettres pour *Je suis pas un camion*, et le prix de la Nouvelle décerné par l'Académie française pour l'ensemble de son œuvre. En 2009 ont paru : *La terre est à nous*, chez Julliard, et *Autrefois, le mois dernier*, aux éditions du Chemin de Fer.
Ses ouvrages singuliers et sensibles, traduits dans le monde entier, la placent parmi les plumes majeures de la littérature contemporaine.

LES CROISSANTS
DU DIMANCHE

DU MÊME AUTEUR
CHEZ POCKET

NOIR, COMME D'HABITUDE
C'EST RIEN ÇA VA PASSER
UN SOIR, À LA MAISON
LES CROISSANTS DU DIMANCHE

ANNIE SAUMONT

LES CROISSANTS DU DIMANCHE

JULLIARD

Le papier de cet ouvrage est composé de fibres naturelles, renouvelables, recyclables et fabriquées à partir de bois provenant de forêts plantées et cultivées durablement pour la fabrication du papier.

ISBN : 978-2-266-19114-2

Il me semblait verser dans un pessimisme excessif. J'ai objecté l'amour, les liens familiaux, la chaleur de l'amitié, les joies de la nature, la beauté des saisons, que sais-je encore, les croissants du dimanche matin…

JEAN-NOËL BLANC

Je remercie très vivement ceux et celles qui m'ont offert cette belle résidence au Randell Cottage, à Wellington (Nouvelle-Zélande), me permettant ainsi de composer ce recueil de nouvelles.

Nous cherchions la vallée

On y pensait depuis longtemps. On l'avait envisagé un soir, dans ce monde à l'envers, parce qu'on en avait assez d'aller au hasard, de parler pour ne rien dire, de « faire » sans trop savoir où cela nous mènerait. C'était facile mais n'occupait pas l'esprit, pas totalement, pas de l'aube au couchant, il y avait des blancs, des vides. C'était inconfortable. Nous avons décidé de chercher la vallée.

Ce ne fut d'abord qu'un appel. Lancé par l'un de nous sans raison évidente. Les autres avaient répondu ajoutant leurs suggestions leurs désirs. Notre propos est devenu ferme. Immuable. Il fallait découvrir la vallée.

Nous n'étions plus très jeunes, cela justifiait nos exigences. Nous avions mené une vie bizarre. Une vie dérangée. Pendant des mois on s'ignorait on refusait l'idée du groupe, de l'ensemble. Et puis. Salut Bastien, salut Marie, Jeanne, Grégoire, Gillou, Yva – si on partait en randonnée ? On se comptait. Des fidèles. Comme autrefois, disions-nous, comme toujours. Et dans l'enthousiasme des e-mails échangés on choisissait un continent.

Nous avions escaladé les montagnes. Elles n'étaient alors que les bornes d'un univers incertain qu'il s'agissait de définir. Claquée la porte du bureau, distribués les cours (Grégoire) qui préparaient les étudiants à une existence bien réglée, remplie la fiche d'import-export (Marie), signés les derniers papiers de l'agence immobilière (Bastien), les surfils terminés les coutures aplaties (Jeanne), les derniers pansements changés les médicaments distribués (Yva), les outils sur le rack, les enfants chez grand-mère et nous étions là, sac à dos bouclé, prêts à reprendre la marche pour réaliser ce projet qui demeurait ce qu'il avait été dix ans plus tôt, cinq ans plus tôt, trois ans, deux ans, l'année dernière, et entre-temps le temps avait passé, nous avions accompli notre travail. Nous cherchions de nouveau – bravement – un territoire.

Cette fois cela durerait, il faudrait s'obstiner. Chaque sommet révélerait une combe qui ne serait pas la nôtre. Toute tentative nous laisserait déçus, trompés par nos fantasmes, englués dans de petites besognes, de petits sentiments, soumis à de petites croyances. Jusqu'à l'instant où un splendide élan nous libérerait. À cet instant sûrement – Derrière la prochaine crête –

Nous avons interrogé des groupes croisés en chemin. Avez-vous ? Ils nous regardaient, étonnés incrédules. Ah, parce que vous aussi ?

Comme eux nous évitions de prononcer les mots qui auraient dévoilé ouvertement nos intentions. Une étrange pudeur nous retenait. Une crainte.

Ces randonneurs hochaient la tête, hâtaient le pas vers ce pays d'où nous venions. L'un de nous murmurait, Il n'y a rien, par là.

On marchait. Les sacs ne pesaient guère, ou bien on avait retrouvé des forces et nos pas étaient vifs. On vérifiait les points marqués sur la carte et quittant un sommet on baissait les yeux vers cette vallée en bas des pentes. Ce n'était pas la nôtre, déjà on le savait. Mais on savait aussi qu'elle devenait plus proche.

Bastien disait, On l'imagine. Et Jeanne, Le vent aura une odeur de prairie. Elle ajoutait qu'en ouvrant les lèvres on reconnaîtrait le signe, un goût de kiwi ou de mangue. Pour Marie la saveur de framboise écrasée. On respirait mieux. La vallée perdue serait bientôt visible.

Nous l'appelions ainsi. Chacun ne pouvait ignorer que dans les temps anciens cette faille entre les monts lui avait appartenu. À lui, à elle, ou aux autres, nos compagnons. Pas ces autres-là qui, au détour du sentier, soudain nous faisaient face.

Parmi nous certains racontaient, on voulait qu'ils racontent. Grégoire avait lu quelque chose au cours des longues soirées d'hiver évoquant une vallée oubliée. Bastien avait repéré un article de journal qui signalait que la région entière était prise de fièvre, du besoin de chercher. Ça, on n'aimait pas.

Et encore on marchait. Des randonneurs inconnus on en rencontrait toujours plus. Pas très chargés, ayant simplement l'air d'être en promenade. Toutefois on devinait en eux une inquiétude. Un moment silencieux, immobiles, et brusquement redressant les épaules, S'il vous plaît, vous n'avez pas vu –

Une vallée, bien sûr. Même s'ils parlaient d'un outil qui leur manquait, un piolet oublié sur le lieu du campement, une boussole tombée d'une poche.

Ils ont perdu la boussole ha ha, ricanait Gilles alors qu'ils s'éloignaient.

On plaisantait. On avait peur. Eux aussi étaient en quête.

Parfois de l'eau ravinait la montagne. Des filets ruisselants qui se réunissaient en un torrent. Au fond coulait la rivière. Yva disait, J'ai rêvé que j'y trempais les pieds.

Un soir. Ceux qui arrivaient à notre rencontre dans le but manifeste de poursuivre leur route se sont arrêtés. Ils étaient une demi-douzaine, trois hommes trois femmes épuisés par la course. Les hommes déclaraient à voix haute qu'ils avaient beaucoup transpiré. Les femmes se plaignaient d'une fatigue extrême. Ils souriaient encore. Ils nous ressemblaient. Ils Vous ressemblaient. Vous, mes compagnons. Montant alors qu'on descendait. Grégoire a dit, Restez, nous ferons un bivouac. Une femme a gémi, Mais demain ? Demain nous verrons bien s'est exclamée Marie. Et Gilles, Demain ? Bastien, Ben quoi –

Ce serait un dimanche ou peut-être un lundi. Pourquoi redouter ce que serait demain ?

Au-dessus de nous se formait un nuage. S'élargissant, s'épaississant. Le ciel limpide aux heures diurnes changeait de couleur, tournait au gris puis noircissait. En bas tout était noir.

La femme qui avait les cheveux blonds de Jeanne (ou d'Yva ou de Marie) a dit qu'ils avaient traversé la rivière, que l'eau les avait portés. Yva Marie Gillou Bastien Jeanne et aussi Grégoire ont approuvé. Le noir c'est solide. Déjà ils atteignaient la berge.

Les six grimpeurs sont demeurés sur place. Juste une minute. Puis ils ont continué leur chemin. J'ai hésité à courir derrière eux, à les prévenir qu'ils ne trouveraient rien, que nous n'avions rien trouvé là où ils se dirigeaient. Ce n'était vrai que pour nous, peut-être.

J'ai regardé mes compagnons. Qui avançaient. Vers l'eau. Dans l'eau. Disparaissaient.

Je n'ai pas bougé. Du cauchemar plein la tête.

Tous, ils m'avaient dit qu'ils savaient nager.

PALOMBES

Ça fait du bruit sur les pavés, les pas. Ça claque. Si les pavés sont mouillés ça chuinte. Ça clapote. Par endroits les joints sont marqués à peine. Ça fait du bruit sur le bitume. Les semelles. Un frottement et soudain comme une déchirure. Ça fait du bruit aussi sur un chemin de terre, sur un sentier de sable ou de gravier. À la campagne. Ça crisse ça martèle.

Soir tombant. Les arbres là-bas. Sombres. Les pas hésitent un instant, ralentissent, qu'accompagne le grincement de la barrière. Jérôme Mercier rentre chez lui.

Je le regarde. Cachée derrière la haie.

Je l'ai guetté si souvent. Il change il se tasse il vieillit. C'était voilà longtemps déjà. Moi aussi j'ai beaucoup changé. Je suis la fille de Margot.

Octobre. La chasse est ouverte. Silence à la palombière. Assurément ils ont d'abord parlé, ces hommes, demandant, Tiens, que deviens-tu – Marcel ou Étienne ou André – Est-ce que, à ton avis – curieux de savoir si la femme du pharmacien ne va pas bientôt accoucher, si le brigadier de police attend toujours son avancement. Maintenant ils se taisent, rassemblés au pied de l'édifice autour de l'échelle montant à la cabane. Ils ont aligné sur le banc les provisions. Et les gourdes.

Les hommes du village. Pas tous. Pas l'instituteur. Pas le maire. Les chasseurs. Ils sont là sans être là. Marcel qui paraît fébrile, André se grattant la tête, prêt à relancer une harangue, Stéphane, l'air exaspéré. Et puis Fabien l'intrépide, aujourd'hui plutôt perplexe. Antoine. Guillaume.

Jérôme Mercier réapparaît dans sa cuisine. Il a allumé la lampe. Je vois sa silhouette à travers la fenêtre, pas très nette dans une clarté molle, la vitre a besoin d'un bon nettoyage. Il pose un paquet sur la table, le développe, et sans se déshabiller sans s'asseoir lui non plus il mord dans les tranches de pain.

Ceux de la forêt reprennent leurs palabres. Je crois les entendre, et Fabien déclarer que Jérôme s'il n'a pas vraiment raison n'a pas tout à fait tort. Je comprends Fabien et ses réticences mais André hausse les épaules. On a raison ou on a tort. Ni « vraiment » ni « pas tout à fait ». Et pour lui Jérôme a tort qui a suggéré que le sort des palombes faudrait y réfléchir. Bon Dieu, doit protester Guillaume, on ne va pas remettre ça.

Les hommes mâchent encore leurs tartines. Pour ne rien perdre.

Ces hommes je les ai toujours connus, ils habitent à l'entour. Quand j'étais petite ils cédaient à mes caprices. Parfois ils se plaignaient, Elle est sans cesse dans nos jambes. L'hiver ils m'invitaient aux fêtes de famille, me trimballaient l'été sur leurs charrettes de foin. Ma mère exigeait qu'Alban me suive, Alban son neveu, mon garde du corps, mon agent de sécurité. Il acceptait de veiller sur moi, toutefois ne se déplaçant qu'à la condition d'emporter un livre. Alban plongé dans Jack London ou dans Jules Verne, seuls mes hurlements auraient pu l'émouvoir. Mais ces villageois sont honnêtes. Des artisans ou des cultivateurs. Des hommes ordinaires. Quand ils ne sont pas obsédés par les palombes. Pris de l'envie irrésistible d'exterminer les oiseaux bleus.

Alban n'a jamais chassé. Une fois il a passé la nuit avec les autres dans la forêt. C'était comment ? je lui ai demandé. Il m'a répondu, C'était bien. Plus tard il m'a avoué qu'il avait lu puis dormi, blotti dans son duvet. Rien vu rien entendu.

Ma mère s'est passionnée pour les palombes. Mon père admirait leur élégance. Pas avec la même dévotion. Mes parents se sont séparés, je n'ai pas su pourquoi. Ces choses arrivent. Lorsqu'on est encore enfant on s'étonne un moment, on invente. Trop de discours en hommage aux oiseaux. Trop de réunions difficiles. Comité de défense des palombes. Protection de la nature. Harmonie. Écologie. Mon père ça l'a fatigué. Il a quitté le pays.

Je suis la fille de Margot la boiteuse. Elle a été la plus belle femme du village. Accessible puisque sans mari. Fière ou méfiante. C'était avant l'accident. Une femme libre à nouveau, superbe. Mais quand votre époux vous délaisse on s'interroge. Les hommes, eux, ne s'interrogeaient pas, ils se relayaient pour draguer Margot. Moi je l'adorais, maman, ma déesse. Après le départ de mon père, longtemps elle avait semblé oublier la palombière, les oiseaux bleus, la traîtrise des chasseurs. Et puis un jour elle est allée à la mairie. En rentrant elle a soupiré que ça devenait fou ce massacre, les « appelants », habilement dressés pour attirer leurs congénères, amener les vols de ramiers vers la cabane, leur donner confiance, c'était indécent. Le maire ouvrirait le débat en conseil municipal.

Il y a eu des disputes. Des poings levés. Des jurons des engueulades. Margot ne se montrait guère. Elle n'avait pas peur, maman. Simplement elle considérait qu'elle avait effectué sa tâche et qu'à présent la décision lui échappait, les gars du conseil étaient tous des chasseurs. Seul Jérôme Mercier formulait des réserves. Le soir Margot est apparue au bistro du village, elle a dit, Alors, vous avez bien voté ? Les chasseurs fêtaient leur victoire, cinq d'entre eux, verre à la main. Le grand Thomas ricanait, l'oiseau bleu couleur du temps il s'en foutait il n'était pas poète. Margot a crié, Espèce de. En réponse Thomas au comptoir bondissait, empoignant un litre de gnôle. Pour se protéger ma mère a reculé. Un faux mouvement, un écart, elle a roulé sur la terrasse. Mauvaise chute. Quand elle est sortie de l'hôpital on l'avait mal réparée elle boitait bas, genou tordu, hanche de travers.

J'ai dit, Alban, comment on s'y prend dans tes livres quand il s'agit de punir les coupables ? Et Alban, Coupables de quoi ? C'est le geste de Thomas qui a provoqué l'accident mais il frimait, ta mère personne ne l'a touchée.

J'avais douze ans. Je croyais encore à ces oiseaux bleus qui auraient dû porter bonheur. Si les hommes n'en avaient pas projeté le carnage. Ce soir-là j'ai grimpé à la palombière.

J'y ai trouvé Thomas. Couché sur le plancher rugueux, allongé sur une couverture. Il dormait il ronflait. Une bouteille vide près de lui et plus loin une autre encore pleine. Avec comme étiquette cette beauté noire et plantureuse riant aux éclats, tenant une corbeille de fruits. Au-dessous *Rhum du soleil*, écrit en lettres dorées.

Ma main serrait le flacon. J'ai dévissé le bouchon. J'ai goûté. C'était fort. Pas trop bon. J'ai avalé, ça m'a tourné la tête. J'étais tout près du dormeur, près de l'homme abattu, déjà absent au monde. Les lèvres largement écartées délimitant un trou mollasse m'attiraient et me répugnaient. Ce que j'ai fait je ne m'en souviens plus. Quand ils sont arrivés, les autres, ils ont vu les deux bouteilles vides. J'ai dit que j'étais venue par hasard. En balade. J'ai ramassé les bouteilles, les ai posées sur l'étagère. À douze ans une gamine s'habitue très vite à mettre de l'ordre autour d'elle quand elle est l'enfant unique d'une femme infirme. Je suis la fille de Margot.

L'alcool tue. J'ai peut-être versé le rhum entre les lèvres de Thomas. Par petits coups ça ne l'aurait pas étouffé, il aurait absorbé gorgée après gorgée.

Non. Thomas était ridicule ainsi affalé sur le sol bras et jambes à l'abandon, vêtements fripés, visage violet. Bien sûr je suis restée à distance. Je l'ai répété tant de fois, c'est devenu presque une certitude.

Les dangers de l'alcool on apprenait ça en classe. Jean-René, le fils de Thomas, l'avait appris lui aussi, Le maître a dit qu'il ne fallait pas boire. Mais doit-on empêcher quelqu'un de chercher à se réchauffer un soir d'octobre bizarrement aussi glacial qu'un soir de décembre ? Thomas n'avait-il pas un rhume, une sale toux, la grippe ? Ce soir-là il aurait dû se tenir au chaud sous sa couette.

J'étais debout, immobile, incapable du moindre geste jusqu'à ce que viennent les secours. Je me voyais agenouillée, contemplant la bouteille, ôtant le bouchon. La belle au fichu de couleur riait en retenant du bras les fruits dans la corbeille. Une complice.

On a transporté Thomas aux Urgences. Là ils allaient le ranimer le guérir. Le lendemain maman m'a dit qu'elle avait lu dans le journal la colonne des faits divers et qu'on y annonçait sa mort. Elle a eu un pâle sourire, elle a dit, N'en parlons plus.

Maman, je ne suis pas allée à la palombière. Sans Alban ça m'était interdit. La veille au soir j'apprenais mes leçons. Je n'ai pas bougé de mon bureau d'écolière dans ma chambre ouvrant vers la forêt. À douze ans on hésite à errer la nuit sous les arbres. Je n'étais pas un garçon manqué, je n'aurais jamais grimpé délibérément à l'échelle. Même si.

Même si j'avais résolu de punir celui qui avait menacé ma mère. Elle n'avait pas porté plainte, pas accusé Thomas. Ce n'était pas la coutume au village de laisser les étrangers s'occuper de nos affaires. Ma mère était la secrétaire de l'entreprise de construction que dirigeait Jérôme Mercier. Quand elle a quitté l'hôpital il l'a reprise au bureau. Mon père payait pour moi une pension confortable. Je ne devais pas me mêler de ce qui ne me regardait pas.

J'aurais dû me le répéter et rebrousser chemin dès la lisière du bois. J'aurais dû me souvenir que j'avais ce soir-là un poème à apprendre. Évoquant des vols d'oiseaux au travers d'un ciel immense. Ça rimait avec silence. Les oiseaux planaient, tranquilles, les oiseaux bleus de mon cahier. J'avais à illustrer le texte.

Je l'ai fait. Maman, je n'ai pas bougé. Pourtant là-bas les hommes ont dit – Oh pardon, je me souviens qu'à la tombée de la nuit j'ai marché sous les pins, c'était pour prendre l'air. Avec Alban ? Non, Alban terminait la lecture de ce gros bouquin qu'il devait rendre à la bibliothèque. Tu m'avais promis de ne pas sortir seule. Maman je ne suis plus un bébé. Et tu es montée à la palombière ?

Je l'ai fait. Non, je me suis assise en bas. Oui j'avoue, je l'ai fait. Je ne sais plus.

Je sais. J'entends le bruit du liquide et les hoquets de la déglutition. J'invente ? Jérôme Mercier est venu. Il y avait des bouteilles. Deux, j'ai dit. À mon arrivée je le jure elles étaient vides. Personne ne me demandait de jurer. J'étais encore une enfant.

Il fallait tout essayer. Et d'abord la confession. Pas au prêtre du village, je n'étais pas sûre de lui. Je suis allée à la ville. Dans l'église il faisait froid. Bénissez-moi, j'ai péché. Je n'ai pas aidé qui avait besoin d'aide. Refus d'assistance à personne en danger. Je n'ai pas –

Oui. J'ai. Penché le flacon. Thomas n'a pas ouvert les yeux. Le liquide a coulé dans sa bouche. Ou bien le liquide a coulé à côté. Thomas était-il mort déjà ? J'avais douze ans, comment savoir ? Les jours passent. Ça tourne au mauvais rêve.

J'aurais dû rester à la maison.

L'alcool tue.

Le grand Thomas et Jérôme avaient de tout temps partagé leurs travaux, leurs occupations. Une histoire de cousinage. Tous les chasseurs sont un peu cousins.

Jérôme Mercier m'a regardée. Il semblait avoir quelque chose à dire. Et il a dit, Écoute, petite. J'écoutais, rien n'a suivi. Plus tard Jean-René a déclaré, C'est pas marrant d'être orphelin.

J'ai grogné que moi non plus je n'avais pas de père, que j'avais un père à jamais absent. Et une mère handicapée. Qui avait été si belle.

Je n'ai pas acheté le rhum. Vente interdite aux moins de seize ans.

L'alcool tue. Alban m'a dit ça sévèrement entre deux pages de son livre. Il en était à la lecture d'une traversée de l'Antarctique. Dans ces étendues glacées peut-être a-t-on besoin d'alcool pour survivre.

J'ai grandi. Je siffle du rhum en cachette. Après quelques lampées tout se remet en place. Il n'y a pas d'homme à l'affût, là-haut.

Prêts pour le désastre

Il faut se préparer. Le Conseil des îles a lancé un appel. N'offrez plus à Noël de cadeaux fantaisistes. Des objets qui coûtent cher et ne servent à rien, même en cas de non-désastre. Qui imposent aux donateurs de se creuser la tête. Pour un résultat médiocre puisque les récipiendaires ont déjà le plus souvent un exemplaire de ce cadeau superflu (pratique original MERCI).

Suivez les avis éclairés du Conseil de la protection et de la défense des îles et des îliens – défense civile. Que les îliens soient de race blanche (rose pâle ou rose foncé voire rouge) jaune noire ou café au lait offrez un *Kit de survie*. Pour individu solitaire ($89 hors taxes) pour un couple ($129), pour famille de quatre personnes ($199). Si un bonus inattendu a gonflé vos finances vous y joindrez l'*Option plus*, c'est-à-dire quelques bricoles apportant un confort renforcé (savon shampoing bombe insecticide rasoir et crème à raser brosse à dents bigoudis et pince à épiler), ce qui augmentera légèrement la note. Vous paierez par chèque, par carte bancaire ou en ligne. Les heureux destinataires seront livrés à domicile. Ils survivront.

Le Conseil de la protection et de la défense des îles et des îliens (défense civile) vous garantit la qualité irréprochable du matériel :

couvertures de survie
radio/lampe torche à manivelle
sacs-poubelle
rouleaux de papier hygiénique
ouvre-boîte
décapsuleur
sachets étanches d'allumettes
rations déshydratées *(garder à l'abri des animaux voraces)*
désinfectant
déodorant
pansements prédécoupés
huile pour massage
paracétamol en paquets de vingt tablettes *(traitement de la douleur chez l'adulte, ne pas laisser à portée des enfants).*

Cela permet de tenir trois jours.

Juliette demande, Et après ?

Après, le gouvernement aura pris des mesures, dit Peter, toi et moi nous écouterons les communiqués à la radio, nous n'aurons plus qu'à obéir c'est génial.

On achète ?

Peter (imprévoyant d'ordinaire, cette fois impressionné) a commandé le kit quatre personnes. Juliette a haussé les épaules, Voilà de quoi nous encombrer. Dans une maison si petite je ne saurai où fourrer ça. Il faut tout garder ensemble, a dit Peter. Pour que tout reste sous la main. Tu nous vois victimes d'un désastre et cherchant obstinément au hasard sous les décombres un bout de sparadrap, une épingle à nourrice ?

Juliette a posé le container au milieu de la pièce principale. On s'en servirait comme meuble d'appoint.

Je le sais, ils s'en sont servis. Peter et Juliette. Deux tasses sur un plateau : le café du matin. La tisane du soir : deux bols et le sucrier. Ce kit recouvert d'un intissé convenait même pour le lunch (salade composée ou simple en-cas) et au besoin remplacerait, nappé de frais pour un dîner d'amoureux (rosbif et mayo avec yorkshire pudding), la table au pied cassé.

Ils s'y accoudaient, en fin d'après-midi, à boire l'apéritif : fizzy-orange ou fizzy-fraise. Juliette prenait des poses lascives, j'en ai été malgré moi le témoin. Peter lui caressait les jambes et parfois s'aventurait plus haut, je détournais le regard parce qu'un membre du Conseil de la défense et de la protection des îles doit demeurer impassible. Au moins jusqu'au désastre.

Les vivres, Peter se chargeait de les fournir pour l'essentiel. Si la récolte était abondante il vendait le surplus de sa pêche. Juliette en avait assez d'écailler, disait-elle, hoki, daurade, tarakihi. Mais le poisson, rétorquait Peter, c'est très sain. J'ai été élevé au poisson, tu ne trouves pas que ça m'a réussi ? Peter était en bonne santé. Il avait dû être un enfant bien nourri. Et il nageait superbement, on pouvait voir là une conséquence, prétendait-il. Jeune adulte il s'était exilé dans l'île pour échapper à l'emprise d'une famille étouffante. Ses parents habitaient un lointain village. Juliette regrettait d'être seule au monde. Non, pas seule, on est deux, corrigeait-elle.

Ils appréciaient leur tranquillité. Ils se plaisaient dans leur île. Belle ondulation des collines, vallées étroites, ruisseaux d'eau claire. Et la mer.

Ces amoureux mangeaient le poisson en beignets mais aussi des pétoncles et des moules. Des langoustines. Des huîtres qu'ils faisaient frire à la mode du pays. Juliette grimaçait, Les avaler vivantes ça serait trop cruel.

Ils s'installaient face à face, le kit entre eux, n'invitaient personne parce que le dessus du kit très tôt a été encombré, prospectus, bouquins, magazines, à peine la place pour deux assiettes. D'ailleurs les îliens quittaient les côtes. Les îliens en avaient assez d'entendre répéter aux infos l'annonce d'une éventuelle catastrophe, assez du sol qui tremble, des plaques tectoniques qui se livrent bataille, ils s'enfermaient dans des villes où se distraire, se perchaient sur les montagnes où on respire. Les avertissements du Conseil les atteignaient assidûment, que renforçait l'action des bénévoles dans les zones moins exposées.

Tandis que les humains se retiraient vers l'intérieur des terres les poissons fuyaient les rivages. On sait que les poissons se déplacent en bandes au fil des saisons. Devant le calme apparent de la mer et des plages cherchaient-ils étourdiment quelque danger au grand large ? Je me posais des questions incongrues, que serait une vie où rien n'est inquiétant, que vaut une vie sans menace ? Une vie où on oublierait de s'appliquer avec constance à être prêt pour le désastre ?

Juliette transportait jusqu'au kit jour après jour tout ce qui était entassé dans le congélateur. Elle décongelait, cuisait sur le gaz (surveillant les tuyaux d'un coup d'œil) dans des plats et casseroles incassables, utilisant les allumettes qui ne craignaient pas un verre d'eau renversé. Un soir Peter et Juliette ont constaté qu'il leur restait très peu de choses à consommer. Tous deux ont essayé les rations de survie. Ce n'était pas mauvais, ont-ils déclaré. Un goût plutôt fade mais au palais une douceur agréable. S'agissait de se laisser aller comme on lèche la crème d'un cornet glacé.

Sur leur magnétophone au revers des chants d'oiseaux ils avaient enregistré la sirène (http//www.cesl.co.siren) qui annoncerait le désastre. Un son plaisant. Un registre pas trop impératif s'accordant avec l'humeur ambiante maintenant que les grincheux les rouspéteurs étaient partis. Maintenant qu'on ne rencontrait plus guère au flanc des vallons que deux ou trois bergers, en silence contemplant leurs moutons. Et moi qui passais encore chaque semestre, m'obstinant à représenter le Conseil. Mes chefs de la défense (civile) concluaient à la fin d'une journée d'études, Il n'y a là-bas qu'une poignée d'hommes mais on ne va pas les abandonner.

Peter et Juliette vivaient dans l'indolence. J'en étais le témoin. Pourtant je connaissais mes textes (dans le cas de risques imprévus la loi de Murphy stipule avec autorité qu'alors se produit le pire). Un reliquat de professionnalisme m'astreignait à me plier aux règles. J'enviais mes deux amis, leur légèreté enfantine. Toujours prêt pour le désastre j'avais une chance raisonnable de leur éviter le pire.

Six bouteilles d'eau en réserve, trois pour chacun. D'accord. Mais l'inquiétude est venue. Ils manquaient de papier hygiénique, ils n'avaient plus d'huile de massage. Plus de poisson et, refusant mon aide, bientôt plus assez d'argent pour s'offrir chaque jour les sardines en boîte, le maquereau fumé ou le thon à la tomate qu'ils auraient pu se procurer (pour combien de temps encore ?) dans un dernier supermarché. Ils ont maigri, ils étaient hâves. Ils devenaient acariâtres. Plus de rires plus de caresses. La feuille d'alu pour courtepointe et en lambeaux à présent ça n'est guère confortable. Ils refusaient aussi de suivre le Plan d'urgence, ne savaient désormais comment mener leur vie. Devant eux je demeurais impuissant. Se tenir prêts est fastidieux, difficile. Une tension quotidienne. On en oublie de s'aimer. Ils allaient se séparer. Ce serait un désastre.

À leur départ, l'un vers le nord et l'autre vers le sud, avant d'embarquer dans ces petits bateaux qui faisaient encore le voyage de l'île y amenant quelques touristes, ils se sont partagé leurs modestes possessions. Peter a pris le kit presque vide, Juliette renonçant à s'en encombrer. Ils m'ont dit que la décision n'était tout compte fait pas trop rude. Non, ils ne souffraient pas vraiment. C'était bien, cet analgésique.

Après les boîtes de soupe Campbell « ready to serve » et les rations déshydratées ils avaient avalé le paracétamol.

SUNDAY

Calme dimanche matin.

Maly est descendue à 8 heures du bus 60 devant l'étroite boutique entre la station-service et le magasin d'outils de jardinage. Enrico était déjà là. Maly ôtait sa veste, enfilait sa blouse blanche. Enrico lui versait une tasse de café. Je me suis mise très vite au travail, dira-t-elle. Routine du dimanche matin. Elle préparait les sandwichs. Une voiture (Chrysler, Chevrolet, Toyota ?) se gare sur le terre-plein. C'est le plus souvent une femme qui claque la portière, franchit le seuil du Delicatessen, examine les rayonnages. Une bourge, cliente à contrecœur, dit Maly, amenée par son mari surveillant les dépenses du ménage. La femme inspecte, marmonne, tergiverse. Elle finit par s'approcher du comptoir, demande un double pique-nique. Vous le voulez au thon ou au fromage ?

Maly coupe le cheddar à la mesure des tranches de pain, emplit les gobelets de salade et chou râpé, ajoute quelques minces lamelles de carottes et des cornichons en rondelles, dispose le tout dans une boîte étanche. Ne pas oublier le berlingot de sauce, les couverts jetables, les serviettes en papier.

Dehors l'homme resté au volant crie très fort, Pense au coke, Judy (ou Fey ou Margaret). Enrico sort du réfrigérateur les boîtes de coca-cola, Maly en loge deux dans un sac de papier brun épais.

La femme est méfiante, dira Maly, épie chaque geste, susurre, Votre gant de plastique est déchiré. Elle touche d'une main précautionneuse le carrelage autour des bacs, s'essuie les doigts sur un kleenex.

Le conducteur de la voiture s'impatiente et joue du klaxon.

Calme fin d'après-midi.

La boîte de coke grand format est posée sur le mur de pierre contre la cuisse du garçon qui est assis face aux étangs. Il dit, Tu en veux ? Il dit, Bois. Maly est certaine – prétendra-t-elle plus tard – qu'il ne l'a pas même regardée. Elle avoue que sa main tendue tremblait un peu, elle dit qu'elle a fait tomber une goutte du liquide poisseux sur son tee-shirt. Le garçon observe avec ses jumelles le vol des oiseaux. Il commente : une aigrette, un héron noir, un couple de –

Les marais sont couleur d'émeraude. Parfois un vent léger les froisse. La dentelle des plantes aquatiques vibre sur les remous. Au bord le vert acide des roseaux qui s'agitent.

Quand souffle le vent, dira Maly. Mais bientôt il n'y aura plus de vent. Dans l'eau rien qu'un liseré d'argent.

Le garçon assis sur le mur balance au-dessus de l'étang ses pieds chaussés de reebok. Un jeune homme grand et mince aux cheveux blonds au teint hâlé. Vêtu d'un pantalon de lin, d'une chemise bien coupée. (Oui, il était beau, dira-t-elle.) Manipulant la molette des jumelles il murmure, Pas de bruit. Et puis, C'est une pie-grièche.

Soleil. Encore très chaud. Le garçon se coiffe d'une casquette à large visière. Maly noue son foulard sur ses cheveux. Le garçon souffle, Ne bouge pas. Des bruissements d'insectes montent de l'herbe. Des drôles de cris d'animaux jaillissent au-delà du pont, derrière le bouquet d'arbres.

Le temps est comme arrêté. Maly frotte de l'index la tache de coca sur sa poitrine. Elle ne saura jamais – dira-t-elle – si des minutes ou bien des heures ont passé avant que le garçon lui prenne la main, l'entraînant à travers la prairie. Elle devine, dira-t-elle, où il la conduit. Là-bas vers le quartier des résidences d'été. Le quartier de ceux et celles qui en voyage n'entrent pas au Delicatessen pour acheter des sandwichs mais savourent leur repas dans un bon restaurant où règne un chef français.

Le garçon blond est allé jusqu'à une maison basse aux murs recouverts de lattes en bois verni, au porche à colonnades. Contournant le garage, foulant la pelouse épaisse il explore le rebord de l'auvent, y trouve une clé. La porte du sous-sol juste un instant résiste, il pénètre le premier dans la pièce sombre et fraîche. Elle voit derrière lui les coussins soyeux du divan, la table et sa lampe à pendeloques. Elle voit aussi, immense, l'écran plat de la télévision. Les fauteuils profonds, le gant de base-ball sur le guéridon marqueté.

Toute la famille est de sortie, une virée au casino, dit-il. Moi je n'avais pas envie de bouger.

Il est face à Maly enfin. Il entoure Maly de ses bras. Son baiser a le goût du chewing-gum à l'anis.

Elle dira qu'elle ne se souvient pas l'avoir vu se déshabiller ni elle s'être déshabillée. Pourtant ils sont nus étendus sur le lit et ce qui suit ressemble à un rêve doux-amer, plutôt doux, un peu amer, ponctué par des frissons, des halètements, des soupirs.

Après, dira-t-elle, ils ont dormi longtemps. Dans le cadre de la fenêtre un morceau de ciel crépusculaire. Le garçon s'étire, se lève et commande, Reste là. Il déclare, Je vais chez des amis. Une soirée barbecue pour un anniversaire. Ça ne me branche pas trop ce genre de réjouissances, mais si je ne me montrais pas Sandra serait furieuse, elle a vingt ans aujourd'hui. Je reviens dans une heure. Pas plus.

Il est prêt en quelques minutes, même pantalon de lin, chemise propre et blanche. Il sort d'un placard une sacoche et un sweat. Il dit, Repose-toi. Il s'éloigne au long de la haie. Il a dit pour finir, En m'attendant regarde la télé. (Il était, dira-t-elle, supercool. Et super.)

Elle ajoute qu'il n'est pas revenu. Que très tôt ce lundi matin elle a refermé la porte derrière elle en la faisant bien claquer, a remis la clé à sa place. Puis elle est partie à travers les marais. L'air était déjà brûlant.

Au Deli, un peu plus tard, comme elle dispose les salades dans les bacs, Enrico effleure son bras c'est, dira-t-elle, une caresse. Enrico n'est pas blond, pas élégant et plutôt maladroit, il est large et musclé. Elle annonce, baissant le ton, qu'Enrico est amoureux. Toujours il lui sourit. Encore et encore il répète qu'elle et lui vivront bientôt dans son petit logement du Bronx. Il propose même que tous deux ouvrent ensemble un Delicatessen, ils n'auront de comptes à rendre à personne. Ce sera beaucoup mieux que la boutique du boss. Plus moderne, bien équipé.

Enrico – elle l'admet – se montre tendre. Prévenant, chaleureux.

Elle dit qu'elle le déteste.

L'ÉPONGE

J'astique. Non, je n'astique pas. J'ai seulement envie d'astiquer.

Mon histoire est pleine de taches. Où que vous soyez je m'adresse à vous, chère tante Alice, parce que c'est vous qui la première m'avez fait remarquer que je vivais dans la saleté.

J'avais quatre ou cinq ans. Vous me disiez, me répétiez sans cesse, Tu as bientôt fini —

Suivaient alors les accusations les blâmes : bientôt fini de baver sur ta page, de manger comme un porc, de laisser traîner tes vêtements sur le carrelage que la femme de ménage n'a pas encore lavé ?

Il y avait des variantes dans le discours, des conseils ou plutôt des ordres, Récure tes mains au savon de Marseille, quand tu viens du dehors déchausse-toi s'il te plaît. Je me déchaussais même si mes pieds nus n'étaient pas très nets. Vous aviez horreur, Alice, des galettes de terre humide qui tombent floc des semelles, vous y deviniez des crachats, de la crotte. Vous rêviez de ne me voir marcher que sur du sable blanc rincé chaque jour par l'eau du ciel.

Vous me reprochiez le foutoir de ma chambre. Relatif. Si vous aviez vu ce qu'Olivier mon pote entassait sous son lit – blue-jeans crasseux, tricots de corps puants, restes de pizza en cas d'une petite faim au milieu de la nuit, peaux de bananes. Vous ajoutiez, Je suis sûre que les mères de tes copains ne tolèreraient pas un pareil bordel.

Alors j'ai astiqué.

Je vous ai fait souffrir. Vous aviez promis à maman, à l'heure de sa mort, de prendre soin de moi. Mes parents je ne m'en souviens pas, j'étais avec eux, un bébé endormi, quand s'est retournée leur Simca – état neuf, m'avez-vous raconté – engagée sur l'autoroute. Ils allaient en Corrèze visiter ma grand-mère qui perdait un peu la tête, lui apportaient du réconfort et deux kilos de clémentines. Ils ont versé dans le fossé. À l'exception des agrumes et de ma pomme tout était écrasé. Mon père est mort sur le coup, ma mère quelques jours après. Dans son agonie maman restait très maternelle et vous a dit – car vous aviez pris le train pour recueillir ses dernières volontés – qu'il fallait lui promettre de ne jamais abandonner ce gamin.

C'était moi, ce gamin. Je n'avais pas un an, j'étais sage je suçais mon pouce sans crachouiller. Vous n'imaginiez pas les soucis que j'allais bientôt vous donner. J'étais le fils de votre grand frère. Les liens familiaux on ne peut y échapper.

À l'époque le seul visage d'adulte m'imposant sa loi était le vôtre. Un long nez, un regard impérieux. Pas d'hommes à la maison, vous revendiquiez âprement votre statut de célibataire. Vous n'étiez femme qu'à peine. Avec l'autorité d'un mâle.

En classe, dès le CP j'ai eu un maître.

Je n'ai pas renversé l'encre – parce qu'on n'écrivait plus à l'encre – sur ma blouse grise – parce qu'on ne portait plus de blouse. Vous repériez la moindre coulure d'un bic souillant ma tenue d'écolier. Le maître, lui, était doux, il grondait sans élever le ton. Il disait, Andréas, je t'en prie, ne monte pas sur le banc tes semelles sont boueuses. Il disait, Toi tu reviens de la cantine, ça se voit mon petit, file au lavabo te débarbouiller.

J'obéissais. Je faisais de mon mieux.

Adolescent, j'ai pris de fortes résolutions. J'ai décidé de me pourvoir du nécessaire pour nettoyer. Dès que j'aurais en possession l'héritage de mes parents – des bourgeois précautionneux – j'achèterais les produits essentiels. Vos remontrances avaient eu de l'effet. Je me sentais responsable de la propreté du globe. Du moins ce qui en était à ma portée. J'utiliserais sans discrétion poudres et pâtes, désinfectants et chiffons microfibres.

Ils prétendent, les gens d'ici, que j'ai été la victime d'une éducation trop stricte qui m'a poussé à la révolte, ou trop libre et j'ai cherché les contraintes ce qui s'est mal terminé.

J'étais coupable. Vous m'aviez bourré de tartines, de basses côtes poêlées, de bœuf bourguignon. Pour reconnaître ces largesses par le respect de vos consignes il m'aurait fallu être clean, ordonné, méticuleux.

Je rangeais. Ça ne paraissait guère. Je m'attaquais à ces objets qui encombraient mon espace vital, débordaient sur le vôtre. Quelques jouets anciens, des vêtements, des livres. Les reliefs de mon goûter abandonnés à côté du cahier de textes, les papiers d'emballage, la boîte de cirage mal refermée, et moisissant dans le panier à linge la serviette de toilette, le gant pas essoré. Il fallait toujours recommencer.

Las de vous entendre me houspiller j'ai mis au point des techniques. J'avais grandi.

Vapeur. Formidable la vapeur. Contre les acariens. C'est quoi ? Un mot courant. Mais non, pas les batraciens. Je vous ai ouvert mon livre de bio. Acarien : *arachnide souvent parasite et pathogène.* Il y en a une sorte qui répond (ha ha, jamais par un cri) au nom de trombidion. J'ai dit oui, la vapeur tue (les acariens). Un pschtt et les imperceptibles créatures basculent sur le dos, agitent les pattes. Rendent l'âme. C'est comme l'alcool pour les microbes. L'alcool à 70°. À 90 ça tue moins. Bizarre. Ils l'ont dit à la télé. Ce qu'ils disent à la télé n'est pas toujours fiable. On y interroge des médecins et certains sont peu crédibles. À l'arrivée au studio on ne leur demande pas leur carte d'identité. Y en a qui – par manque de temps ou pas convaincus de leurs dons pédagogiques – envoient dans ces émissions de vulgarisation scientifique un remplaçant incompétent. Se méfier.

De tout. Ce qui salit. Tout salit. On déambule dans la rue, au travers des squares, sur les places, le bout du pied trempe dans le ruisseau fangeux, le talon écrase une merde de chien (ou de loup si on se promène en montagne puisque les gardiens des parcs s'efforcent de le réintroduire dans les alpages). Les mains touchent la poignée des chasses d'eau, bon d'accord, pas dans les alpages mais les W.-C. des maisons, des bars, des hôtels. Une chasse d'eau commandée au pied ça n'existe que dans les trains. On doit se laver les mains pour éviter la gastro-entérite. Dix fois vingt fois par jour, ça use. La peau devient plus perméable. À trop se préserver on vit dangereusement.

Ordre et propreté, c'était votre devise. La mienne a été longtemps désordre et souillure, giclées de sirop sur les murs, graisse au bord de l'évier, cheveux restés entre les dents du peigne, brosse engluée de dentifrice, parquet douteux, traces de doigts sur les portes. Vous m'avez converti. Vous m'avez dit, Nettoie, j'ai nettoyé. Lave, j'ai lavé. Balaie gratte frotte décape (à classer suivant les circonstances), j'ai suivi.

Je me suis équipé. J'ai tout un outillage. Ces objets vantés au téléshopping. Les bombes, les blocs sanitaires, les appareils. En discount. Un prix dérisoire pour le nouvel O'Cedar qui se dépoussière lui-même une fois rempli son office. Autrefois on le secouait par la fenêtre. Les voisins de l'étage inférieur prenant l'air sur leur balcon recevaient les moutons sur la tête. Hé, doucement là-haut. Le coupable lançait, Oh pardon, désolé. Au moins on conversait.

L'aspirateur. Plumeau antistatique, câble auto-reverse. Un peu encombrant. Ronflement, pollution par le bruit. J'ai descendu vers le local des poubelles le sac de papier renforcé (supposé indéchirable) qui s'est fendu dans l'escalier. J'étais déçu.

Alors j'ai découvert l'éponge miraculeuse. Sur un catalogue discret qu'avait glissé dans la boîte aux lettres un de ces jeunes gars au chômage condamnés à accepter n'importe quel boulot minable. En général ça exaspère ce bagou publicitaire préconisant l'usage de telle ou telle marque. Et la serpillière tant vantée s'effiloche, et les torchons d'excellente qualité ne résistent pas à la première lessive. Mais l'éponge est un pur trésor. L'énorme éponge qu'on pose simplement sur la tache. Sans ajouter le moindre produit. En appuyant. Pas très fort. L'éponge absorbe, l'éponge avale. On la laisse en place un moment cependant qu'on s'occupe, qu'on lit qu'on médite. Qu'on écrit à sa petite amie. Qu'on fait sa prière du matin ou du soir, son examen de conscience. Quand on revient – purifié – l'éponge a purifié aussi le tapis de Turquie ou la table basse en bois exotique. Plus de tache d'encre ou de graisse, plus de traînées noires plus d'auréoles. C'est propre. Du moins il y a du propre sous l'éponge. Une surface égale à celle de l'éponge.

Même les lèvres cruelles qui emploient des mots implacables ça les décrasse.

Vous dormiez, Alice. Silencieusement, vous m'accusiez. Pourtant j'étais en progrès. N'allais-je pas devenir mine de rien un obsédé du nettoyage ? J'avais passé tout ce soir-là l'éponge en main, vigilant, cherchant la moindre souillure.

J'ai pressé l'éponge sur vos lèvres. Pour ne plus jamais entendre les horreurs que chaque jour vous prononciez. Vos moqueries vos sarcasmes. Et cette déclaration perfide, à mes dix-huit ans, lors de mon engagement (infanterie, troisième bataillon de marche – il fallait bien que je me case quelque part), Bravo mon garçon, dans l'armée tu apprendras –

Dans l'armée j'ai appris à faire le lit au carré, à balayer la chambrée.

J'ai soigneusement évité de vous dire, chère tante Alice, que vos pronostics étaient infaillibles. Il y a eu les bagarres. Non vous ne saviez pas, vous n'avez jamais su. J'ai eu pour mission de prendre part au massacre. Ce rebelle levait les bras, s'avouait vaincu, mes coups de feu je les ai tirés au hasard, on m'avait dit de nettoyer. Le type baignait dans son sang, viscères hors du ventre, cervelle éparpillée. Beaucoup de saleté. J'ai nettoyé aussi la place.

C'est fini. À l'exception des traces rouges sur le sol. L'éponge efface. Tout, même les paroles. J'ai saisi l'éponge, j'ai pressé. Tante Alice, l'air vous a manqué. Ou pas vraiment, une éponge c'est perméable. Vous avez eu un réflexe qui était dû à la peur. Un réflexe de constriction, le médecin l'a suggéré. Le juge n'a pas tenu compte de ce témoignage qui m'aurait valu une certaine indulgence. On m'a enfermé pour le reste de mes jours (presque) en ce taudis puant où je vis dans la fange. C'est moi qui l'appelle un taudis. Son nom officiel est Maison de santé. Ça grouille de bêtes dégoûtantes. Plus grosses que les acariens. Des blattes. Mes colocataires me crachent dessus quand je vais à la promenade. Je les agace à ne pas vouloir salir. Ni me salir. À seulement effleurer les choses. À éviter qu'on m'éclabousse. Vous m'avez bien éduqué.

Je suis là pour très longtemps, c'est sûr. Les mecs prétendant me juger ont trouvé que l'obsession de la propreté n'aurait jamais dû m'amener à étouffer tante Alice. Une tatie irréprochable qui avait toujours veillé à m'inculquer de bons principes.

Pour ma défense j'ai dit que l'éponge était propre. Ça n'a pas suffi, j'aurais dû m'en douter.

No me olvides

Mille deux cents kilomètres de mur.

Le mur sera là pour interdire que les uns viennent chez les autres. Manger leur pain. Que les autres viennent chez les uns. Savourer des tacos. Ce mur, qui le construira ? Juan, probable. Entre son pays et un pays voisin. Avec plein de gars jusqu'alors au chômage. Des gars qui n'ont rien à faire qu'attendre que les jours passent. Juan et ses semblables. Pourraient s'employer à construire des maisons. Simples et confortables. Chambre cuisine salle d'eau. Cave où mettre les provisions. Cellier où entasser toutes les choses qu'on garde et qui ne serviront à rien.

Non. Pas de maisons. Un mur. Vont construire un mur. En béton. Ou en pierres, des tonnes. Juan maniera la truelle. Pendant combien de mois ? D'années ?

Il a été petit. Il chapardait un peu. Quand on est pauvre on pratique la débrouille. Je me débrouillais, dit Juan. Dans la cabane au toit de tôle, aux pans de bois éventrés, les fentes bourrées de vieilles affiches, de hardes. Juan était plus souvent dehors pieds nus dans le ruisseau. Avec Manuel. Deux chiquillos inséparables. Qui avaient deux copines, Dolores et Francisca, jolies et pas mal futées. Un jour, a dit Manuel, en creusant la décharge –

Ben oui, dit Juan. Ce jour-là on était – sous notre peau rôtie par le soleil – on était blancs comme neige. On n'avait pas volé. Tout à coup on l'a vu briller.

Le collier. Dit Manuel.

Ce n'était pas la première fois que Juan et Manuel découvraient des trésors. Dans les détritus puants. Trésors d'un seul instant. Ça brillait. Clé de boîte à sardines encore grasse, pièce d'un peso, anneau qui aurait pu représenter un témoignage, l'engagement d'une vie d'amour. Qui n'était qu'un anneau de rideau.

Mais un matin, parmi les gravats, les bouteilles vides de Corona – soudain, à leurs yeux ébahis, l'or du collier.

Manuel a dit, De l'or, c'est sûr. Juan aussitôt, Je l'ai vu le premier. S'agissait d'établir sans tarder à qui un tel joyau appartiendrait. On n'allait pas le couper en deux.

Ils ont essayé. Mais leur pince glissait sur les mailles. Le collier refusait de se laisser entamer.

Alors Juan l'a passé autour de son cou, contre sa peau. Bel effet. Par-dessus il a noué un foulard comme les cow-boys. Quelqu'un aurait pu tenter de lui chouraver son bijou. Et en même temps l'étrangler parce que dans ce quartier y en a des qui, tranquilles, tueraient un mec sans hésiter pour s'emparer du butin.

Juan a fermement déclaré qu'il avait la gorge piquante. Il a toussé, hum hum, Tu vois –

Manuel n'a pas protesté. Manuel a dit, *Virgen Santa*, même qu'on a trouvé le collier ensemble tu le gardes, Juan. Ou tu le vends pour ton manger. Juan a crié que le vendre *no jamás Virgen Santa.* Il préférait avoir faim, en crever derrière son foulard. Qui n'est pas un vrai foulard mais un carré de chiffon sale. C'était l'avis de Manuel. Juan aurait dû laver cette loque à la pompe. Le collier sous la crasse va perdre de son beau. De sa beauté, corrige Juan. Manuel tu parles mal.

C'est que je vais pas assez à l'école. Chez nous faut aider la *mamá.* Surtout que la mienne elle est naze.

Ils ont grandi. Le collier est resté entre la peau de Juan et le chiffon fripé puis a fallu chercher une autre cache, Juan aurait à se déshabiller pour passer les visites médicales et s'enrôler dans l'armée. Juan n'aimait pas trop l'armée ni les copains qu'on y rencontre mais Manuel était parti vers ce pays où on embauchait pour cueillir les fruits (savoir s'il n'était pas dans quelque horrible camp ou s'il avait réussi à passer). Sans lui Juan se sentait mal à l'aise. Juan a fourré le collier dans une boîte à cigarettes, l'a posée sur l'étagère la plus haute de sa cabane en caisses à savon. Ça ressemblait aux caisses à charger les oranges. Il chantonnait, Manuel ho Manuelito. Comme on berce un chagrin.

Juan a fait l'exercice, il a fait la corvée de pluches de plonge et de balayage, il a fait le salut au drapeau. Il n'a pas fait la guerre puisque c'était le calme plat, les pays de la région ayant prioritairement à s'occuper de leurs propres affaires. On se tenait prêts, simplement. Parfois Juan aurait aimé se battre, se dépenser sans compter. Il vidait son fusil jusqu'à la dernière balle, la marionnette en bois du terrain d'exercice s'effondrait, un trou au cœur. Il serait un bon soldat, deviendrait *un jefe*, un chef. Ça aurait pu lui arriver. Il se disait que la vie est une aventure avec beaucoup d'ennui et un brin d'espérance. Il ne pensait plus au collier.

Trois ans écoulés, il est revenu. Droit vers son *barrio* natal. Les voisins avaient changé il ne connaissait plus personne. Mais si. Il retrouvait Dolores. Elle habitait la cabane qu'il avait lui-même bâtie. Elle a dit, Je te la gardais, je n'avais pas où loger. Dolores était un peu pâle un peu vieille. Les années avaient pesé sur elle. Trois années à se louer aux hommes à bedaine du commerce et des finances. Qui venaient d'on ne savait où (pas encore de mur autour du pays). Qui buvaient, qui se chamaillaient, profanaient le nom du Seigneur et de la *Virgencita*.

Dolores a dit, Toi et moi, Juan, on s'en ira. On rejoindra Manuel et Francisca. Le mur, je m'en fous, en voilà une histoire, un mur infranchissable, ne t'enrôle pas pour le mur, s'il y avait eu un mur Manuel n'aurait jamais bougé pour se procurer du travail et puis surtout à la Noël ne serait pas rentré chez lui. Elle a raconté qu'un soir Manuel avait réapparu. Il avait gagné une petite fortune en vendant des oranges et aussi – de la came. Pas beaucoup. Bien manqué finir en taule. Il voulait se mettre en ménage avec la jolie Francisca. Après un temps d'hésitation ils s'étaient installés sur la côte. Maintenant ils vendaient des tacos. Ils s'en tiraient. Et même avant leur départ on les enviait dans les parages, Manuel avait des vêtements propres et des Nike et Francisca un beau collier. En or à ce qu'on prétendait.

Juan alors s'est souvenu, il a grimpé sur la table, a pris la boîte sur la planche, il tremblait. La boîte ne lui semblait pas lourde. Il l'a ouverte. Devant ses yeux enveloppé dans une feuille de journal –

Le collier. Peut-être plus léger comme le sont les choses qu'on a oubliées. Dans un blanc de la page deux lignes au crayon : *juan si alguna ves buelves agarra tu collar francisca lo tomo prestado es tuyo te lo regreso.*

Et dessous : *no me olvides.*

juan si tu revien jamais tu reprend ton collier francisca te la enprinté sé à toi je te le rend moubli pas.

Manuel n'était pas allé très souvent à l'école. Sa mère avait besoin de lui à la casa.

Nina

Je m'interroge. Pourquoi m'ont-ils enfermée là. Je n'y suis pas mal. Il fait bon, le placard contient des victuailles. À travers la vitre minuscule je regarde le sycomore qui ploie dans le vent violent. Ils ne se figurent tout de même pas que j'ai peur du vent. Élevée en Bretagne je l'ai vu souffler, gonflant les vagues. Moins obstiné qu'en ce pays. Sujet aux rapides défaillances, aux soudaines accalmies.

Ma dernière promenade était sur une plage. J'avais ma robe bleue. Sable gris mer grise écume blanche. J'étais seule. Ne mens pas. Il y avait une fille. Grosse, serrée dans un short rouge et vert. Boudinée à la taille. Les jambes et les pieds nus. Elle était coiffée du chapeau de toile qu'on porte ici contre les rafales. Avec une mentonnière qui le retient en place. Elle m'a souri.

Je n'ai pas peur. Voyez, je ne tremble pas. Voyez, mes mains ne s'agitent pas en des gestes dérisoires. Je ne les sens jamais frémir. Les ongles ne sont pas rongés. Vous devez imaginer – Mais qui êtes-vous ? On m'a dit de ne parler à personne, je n'ai autour de moi que du béton, et puis une table une chaise et une étroite couchette.

Nina viendra me rejoindre. Dès qu'on l'aura trouvée, c'est-à-dire. On la cherche. Je ne vois pas de quelle Nina il s'agit mais il me semble convenable d'attendre son arrivée pour entamer les provisions. Il y a un pâté de poisson et dans un large Tupperware du frais, du vert, une salade. Du pain aux cinq céréales. Deux pommes. Des yaourts. Peut-être périmés.

Les façons de ces gens ne m'ont pas révoltée. Dans les contrées du bout du monde on se doit d'obéir quand vous sont imposés des tests ou des épreuves. J'ai demandé : Nina ? Il m'a répondu – l'homme en uniforme – que Nina serait d'abord l'objet d'examens. Ça prendra deux ou trois jours. J'ai dit – déjà il avait refermé la porte – que je n'avais jamais rencontré de Nina.

Ai-je peur ?

Oui j'ai cédé à l'inquiétude lorsque les cloches ont sonné. Le glas ? J'ignore les conventions les usages. L'idée m'est venue – Nina. Ça sonnait pour son enterrement. Je n'ai pas vraiment eu peur. Nina, je ne la connais pas.

Ils ont évoqué une pandémie. Ceux qui semblaient atteints devaient être isolés. Incubation plus ou moins longue. Puis on chutait. Bientôt on allait mieux. Ou bien ça vous prenait en traître, crise cardiaque, décès brutal. Ne me dites pas qu'ils sont tous trépassés. Ne me dites pas, vous à qui je parle, vous que je n'ai jamais vu mais qui ne pourriez me fausser compagnie, ne me dites pas que vous êtes mort aussi.

Supposons. J'aurais rencontré Nina au cours de ce long voyage. Supposons qu'elle ait pris le même avion que moi, supposons qu'avant de nous rendre au comptoir des correspondances nous ayons séjourné toutes les deux dans la salle climatisée, le bureau des étrangers qui ont besoin d'assistance, attendant que l'appareil subisse les révisions qu'exigeait un nouveau décollage. Ils m'ont appelée la première, je n'ai pas entendu son nom. Supposons que nous soyons passées l'une et l'autre devant les préposés aux douanes en la compagnie d'une même charmante hôtesse. Nina aurait pénétré dans ma vie sans que je l'aie souhaité.

C'était peut-être Nina l'énorme fille sur la plage, tranquille, riant sous sa moustache (oui, elle en avait un soupçon), vêtue d'un short trop court et d'un tee-shirt fripé. Ou au retour à la gare celle qui m'a dit gentiment, Quel temps de chien, venez boire un café. J'ai dit, Non merci. J'avais peur. Le lendemain je suis entrée dans le service, j'avais peur.

Les jours suivants j'ai vécu l'angoisse. Ils me traitaient avec indifférence. L'épidémie s'est déclarée qui a nécessité la mise en quarantaine. On m'a conduite entre ces murs. Alors j'ai su – c'était indiscutable – que mon unique besoin désormais immuable serait d'être seule sur la terre. Ne plus me frotter aux humains. Je ne regretterais pas même la plage et Nina marchant sur la plage. Comme en un rêve.

On m'a cloîtrée dans cette pièce exiguë. Parfois ils entrent. M'approvisionnent. Ils rangent des choses dans le placard. Me font sortir un moment me conduisent aux toilettes. Disent un mot par-ci par-là, me fatiguent. La solitude est mon choix. Il y a encore deux ou trois pots de yaourt aux fruits des bois dans le tiroir réfrigéré.

Je n'ai pas peur.

Le délégué aux Affaires criminelles a décidé de mettre en garde à vue une femme présumée responsable de la mort, peut-être accidentelle, d'une jeune fille de vingt ans, Nina G. La prévenue soutient jusqu'à présent tout ignorer de la victime. On attend que se manifestent des témoins de la noyade mais il n'y a guère de chances que des randonneurs imprudents se soient attardés au plus fort de l'orage qui a sévi la semaine dernière sur la plage de Paekariki.

MUM A DIT

De quoi ils se mêlent, elle a dit, en rogne. Ceux-là du gouvernement. On pourra plus fesser les gamins y a du progrès. On se crève à les élever et ces messieurs font des lois pour RETENIR LE BRAS TROP PROMPT À FRAPPER. Prompt ? Barny, regarde dans le dictionnaire. Des enfants meurent sous les coups. La belle blague. C'est pas mortel la fessée.

Moi je trouve que. Moi j'aime pas. Même si Mum me commande jamais d'enlever le slip. Sa main est dure. Pourtant sa main est douce dans les caresses. Quand Mum a pas de problèmes. Quand elle en a ça tombe. Paraîtrait que je suis un gras ça veut dire quoi, je pèse pas lourd. Elle dit, Oui, voilà ce que tu es, non c'est pas le contraire d'un maigre. Elle dit, Cherche dans le dictionnaire. Elle assure que le dictionnaire ça rattrapera le temps qu'elle a perdu autrefois à traîner dans les parcs publics avec un gars qui lui a fait louper son exam d'entrée en section A. Pour ça que « prompt » elle sait pas. *Promotion prompt promulgation* – Je me balade dans la colonne. Prompt y a *pt* à la fin. Cool, le *pt* pour finir.

Mum a dit, Au soutien scolaire on m'appelle Mrs. Dawson. Pas Linda comme dans notre bâtiment qu'est une épave. Mrs. Dawson (dit la fille à lunettes, celle qui parle très bien), voyez-vous, ce petit – (Pas si petit, et il changera il tient de son père, Mum bougonne) – voyez-vous, qu'a insisté la fille, il ne devrait pas être encore avec ceux de la classe 3 qui savent à peine lire. Il a de l'intelligence et de la curiosité. Mum a dit, Va expliquer ça, toi, la mère, à l'instit qui décide, ou bien au *Board of Directors*. Et puis mon Barny tient à rester dans cette classe, cause qu'il mate par la fenêtre la piscine de l'école en face (collège Sainte-Mère-de-Dieu avec seulement des filles), vu qu'il est asthmatique ça l'aide à respirer, qu'il dit. Le jour où il m'a sorti ce discours – Mum a dit – je lui ai foutu une torgnole, j'avais les nerfs embobinés, T'as rien de plus urgent que zyeuter les gonzesses ? À poil ou presque. Hey, qu'il prétend, c'est pas les filles qui l'intéressent, il jure ne regarder que l'eau qui est comme la liberté, il dit que même à voir de l'eau dans un bassin ou une cuvette ça le soulage – Maintenant avec cette loi nouvelle il m'exposera toutes ses histoires de môme sans que je tape pour qu'il arrête quand j'en ai plein les oreilles de ses raisonnements débiles, plein le dos du gamin.

Mum a continué, plus accommodante, Bon, ces gens du gouvernement ont pas vraiment tort, un gosse est pas cap de se protéger tout seul. Y a dans le quartier une femme avec enfants qui exagère. Sa mère, elle est trop xagère, qu'il bafouillait mon Barny. C'était à la maternelle. Son copain à mère trop xagère il avait pris une de ces roustes – Le mien j'oserais jamais le frapper de la sorte, juste une fessée par-ci par-là. Le cul c'est souple ça casse pas.

La Sainte Mère de Dieu dans tout ça, son fils elle le frappait ? que je me demande. Ben non, Jésus était parfait. Moi je voudrais être parfait. Difficile, tous ceux qui vous emmerdent faudrait leur tendre la joue gauche. Et s'ils comprennent pas qu'on attend la baffe, s'ils vous font un bisou on aura l'air malin.

Mum a dit, Mon minot, je l'aime, son père m'a laissée sans un sou pour l'élever mais je m'arrange. Il a toujours à manger.

Mum et moi on se bourre de bananes qui sont pas chères venant de pays où y a du surplus. Si elles sont vertes le marchand les garde tant qu'elles ont pas mûri. Là il s'énerve, Merde alors, je vais les perdre. Il les brade. Mum dit que ça tient au corps, c'est extra pour les vitamines. On prend aussi des plats tout préparés que le mec vend à moitié prix parce que après la date écrite sur la boîte c'est défendu de les refiler au client ou bien les gens de la Fraude fermeront la boutique. L'étiquette est rouge, le prix est *special.* Ça fait qu'on avale au rabais du quatre-étoiles qu'est encore bon pour la santé.

Ma Mum elle s'y connaît. Souvent elle achète un *Meal in a cup.* Repas dans un gobelet. Facile, je le prépare tout seul, de l'eau chaude, attendre et remuer. Après on partage. Nouilles et fromage. *Fantastic*, c'est écrit dessus. Pas de marque. Y a un type à la télé qui a dit que pour les marques on se met le doigt dans l'œil si on cherche la différence, c'est qu'une affaire d'emballage. Sous le couvercle du gobelet une petite fourchette pliante. Comme une arme en miniature. J'en ai aligné déjà une demi-douzaine dans le tiroir de la commode prêtes à servir au cas où.

Au cas où mon père reviendrait.

Mais ce serait pour le défendre. Contre ceux qui voudraient encore l'enfermer.

Il est là-bas dans la prison. On dit que les prisonniers mangent des rats. Ou des têtes de poisson. Avec une sauce à la menthe. Ma copine d'école a l'air très au courant elle dit, Oui la menthe ça les calme. Si j'assure que mon père prisonnier s'en fiche d'être excité (il a hurlé une fois deux fois trois fois qu'il l'était pas et a refusé les pilules) elle répond qu'un homme un peu zen (voir dico) donnera moins de travail aux toubibs qui font la grève depuis dimanche. Je dis, Les toubibs, y a qu'à les coffrer. Mais non, la grève c'est un droit. Je rigole, Ben on leur enlève. Comme on va enlever aux parents le droit de corriger leurs kids (ça c'est Mum qui le dit).

J'ai voulu raconter une histoire de ma mère et j'ai tout mélangé.

L'histoire de mon père. J'essaie. Le soir où il a tué il avait bu trop de bière. Ou trop de vodka que lui a refilée un barjot. D'habitude il boit l'eau de la fontaine, au moins c'est économique bien qu'on dise dans le journal que faudrait l'économiser. Cet alcool qu'il a bu ça bouscule. Et à ce moment le voisin –

Non, je vais pas continuer. Que Mum me fauche mon cahier et je me ramasse une beigne. Même si maintenant on l'interdit. Presque. La loi est pas encore une loi, seulement un projet de loi dit ma copine (Ophelia, c'est son nom), elle ira bientôt au collège et souvent je me demande pourquoi elle est amoureuse d'un classe 3 du primaire. Ingrat, en plus. Bizarre. Elle et moi quand on aura des enfants pas question qu'on les cogne. Peut-être que je mourrai avant d'avoir le temps d'en fabriquer (des bébés, oui, avec ma copine d'école) vu que le monde à présent grouille de terroristes et de gens comme mon père qui virent au furax et tuent sans réfléchir.

Moi j'ai beaucoup réfléchi. Réfléchi qu'il faut réfléchir. Avant de me lancer dans l'histoire du voisin. Qu'avait prétendu que ma mère – Non, j'arrête.

Et tant pis, je la dis, cette histoire du voisin qu'a méchamment grogné (avant d'être tué par mon père) que ma mère est une putain. (Je vais le cacher, mon cahier. Ou bien je barre et j'écris que Mum est top du top. Après la reine d'Angleterre.)

Grogner, qu'est-ce que ça veut dire ? Faire des bruits qui sont pas des mots c'est dans le dico. Le voisin a pas su s'expliquer et mon Dad a compris de travers.

À l'école la maîtresse a déclaré (un jour, quand j'étais petit), Ce gamin n'est pas responsable, le pauvre n'aura pas d'exemple pour débuter dans la vie. Je savais pas trop de quoi elle causait. Maintenant je sais : mon père a tué, il est là-bas il pourra rien m'apprendre. Y a des tas d'hommes qui ont tué. À la guerre. Ou à la paix quand tout le monde devrait s'entendre. L'idiot de voisin aurait dû – L'important c'est que mon père s'il m'apprend jamais grand-chose a pas tué le père d'Ophelia.

Mum a dit, Demain on ira voir ton pater. On lui portera du fromage, des pommes, du linge propre et du chocolat. Des clopes. Tu lui parleras pas du voisin. Bon, s'agit du frère du voisin qui est mort, ils vivaient tous deux ensemble. Mum a dit, T'as pigé ? Pas un mot du voisin ou bien c'est la raclée. Elle en profite. Avant la loi. Qui fera qu'elle aura plus le droit de me taper. Bien sûr je vais pas raconter à mon père que le voisin (frangin de celui qu'il a tué) s'assoit pour le souper à sa place à lui qu'est bouclé pour vingt ans (pas plus, y avait pas préméditation – dictionnaire). Je crois même que le voisin reste à dormir quelquefois sur le vieux canapé du couloir. Mum a dit, À présent qu'il a plus son frère on va pas le laisser seul. Et triste.

Maintenant ils sont des amis, ma mère et ce frère du voisin. Qui se nomme aussi le voisin. Tu fermes ton clapet Mum a dit, sévère, Si tu te mets à discourir sur les relations de voisinage ton père est cap de t'étrangler. Donc ça l'a pas guéri, la prison.

La prison ça guérit pas. Ma copine elle me conseille, Finis de te tracasser. Elle voit direct les choses, elle dit, C'est des salades, des histoires de grandes personnes. Comme les lois. Pas de quoi sauter de l'autobus parce qu'on s'est trompé de direction. Ce qu'a dit le voisin on s'en branle. Comme de ce qu'elle fout, ma Mum, avec le voisin d'aujourd'hui. Et si ce voisin d'aujourd'hui qui vient remplacer mon père il me frappait tous les samedis dans l'idée que les hommes pour demeurer costauds ont besoin d'entraînement ?

J'aime mieux, vraiment mieux être battu par Mum. Si ça l'amuse. Si ça lui fait du bien. Vu les circonstances. De sa vie. Mon père qu'on lui a pris et le nouveau voisin qui tourne au pas marrant. Même quand elle aura plus le droit je dirai rien.

Après, des fois, elle regrette. Alors j'ai un câlin.

Amélie

Ils s'en sont allés tous les trois. Les deux frères et la sœur. Ils disaient que sur place ils ne trouveraient pas de travail. Amélie avait un BTS de gestion, les garçons, Yvan et Arnaud, leur brevet des collèges. Qu'auraient-ils pu faire avec ça au village sinon se vanter d'avoir de l'instruction ?

Les parents ont un peu râlé. Le père a dit, Au bourg, durant leurs études, ils ont appris aussi une autre façon de vivre. Le village leur semble minable. La mère a hoché la tête. Elle ne voulait pas contrarier son époux. Du moins c'est ce qu'on racontait.

Le père – Georges – cultivait ses champs et la mère – Odile – tenait une épicerie-tabac près de l'école à présent fermée par manque d'écoliers.

Ils sont partis. Longtemps n'ont pas donné de leurs nouvelles. C'est ce qu'on nous a dit, après. Chaque soir, le père interrogeait, Alors ? Rien encore aujourd'hui ? Parfois il ajoutait, Les gars n'ont aucun goût pour la correspondance. Mais la fille ? En colonie de vacances elle envoyait des lettres. Odile répondait que les trois devaient être entraînés dans un tourbillon d'occupations absorbantes, c'était ce qu'il arrivait aux jeunes qui tentaient leur chance à la ville. Et lorsque Georges s'énervait elle l'apaisait, Ils écriront. Demain peut-être. Des loisirs ils n'en ont guère, ce sont des gamins courageux, ils viendront une de ces fins de semaine. Les mois passaient.

Entre nous, on en parlait. On jugeait que les parents avaient trop d'exigences.

La mère était dure à la besogne. Mais dans ses comptes elle ne s'en sortait plus. Les clients ne se bousculaient pas. Elle disait, Ces mises en garde : *Le tabac est dangereux La cigarette nuit gravement à la santé* et l'augmentation des prix, voilà ce qui va nuire. Au petit commerce. Elle expliquait, La frontière n'est pas loin, à vélo en quelques tours de roue on est chez les étrangers qui vendent deux fois moins cher. Non seulement le tabac mais la nourriture, les produits d'entretien. À cause des taxes, ici tellement plus élevées qu'ailleurs, c'est la faute du gouvernement.

Elle disait encore, Nos gosses – sauront-ils décrocher un emploi ? Avec partout ce chômage – Elle soupirait, Ils devraient penser à téléphoner. On ne leur demande pas de se ruiner, une carte de trente minutes est d'un prix abordable. Elle disait qu'elle aurait dû leur offrir un téléphone mobile et leur payer l'abonnement. Amélie s'était obstinée, On se débrouillera, n'est-ce pas les garçons ? Amélie a du caractère, elle a toujours été une sacrée cabocharde. Arnaud souriait, ne disait ni oui ni non. Yvan finissait par glisser, T'inquiète m'man, on s'arrangera.

Nous l'avions souvent entendu, ce refrain. Marylise aussi le chantait, la fille d'Arthur et de Josette. Bertrand, le neveu de Fabien. Elsa, jeune sœur du cordonnier. François, dégoûté d'aérer le fumier, tous ceux qui étaient partis. En ville ils « s'arrangeaient ». Comment ? Allez savoir.

Arnaud, Yvan et Amélie s'arrangeaient comme les autres. Les pères grommelaient, Pas de nouvelles bonnes nouvelles. Les mères se morfondaient dans leur coin.

Amélie a téléphoné le jour anniversaire d'Odile – ses cinquante ans. Elle a dit, Je t'appelle pour tous les trois, je t'embrasse fort, j'embrasse papa aussi, Yvan et Arnaud font de même, hier ils se sont couchés tard, ce matin ils récupèrent. Moi je veillais sur des mioches, les parents assistaient à une réunion du conseil municipal et sont rentrés à deux heures du mat'. Elle a ri, Oh moi je suis solide.

Nous on a un peu grimacé en écoutant parler Odile.

Amélie envoyait une photo d'elle et de ses frères. Un copain d'Arnaud l'avait prise, disait-elle, et lui avait prêté l'appareil. Un vieux modèle mais haut de gamme. Arnaud s'intéressait au métier de photographe, il s'était renseigné, il avait consulté des livres, acheté des produits, loué un agrandisseur et des bacs – Sais-tu, maman, qu'il s'en sort vraiment bien ?

Des photos ? On ricanait. Des images. Drôle de métier. Arnaud, on aimerait qu'il avoue ce que lui rapportent un bébé sur un coussin, une communiante en aube, la mariée et ses froufrous près d'un homme au costume infroissable. S'enfermer dans sa soupente, développer tout seul ses clichés dans un minuscule cagibi quelle galère. Pas le genre d'Arnaud. On n'y croyait guère. Et puis on a su.

Amélie avait été une baby-sitter parfaite. Elle donnait le bain puis le dîner à des mômes chez des friqués en sortie nocturne. Elle ajoutait à ses obligations l'histoire à raconter une fois les mômes au lit. Grand succès. Les mômes la réclamaient. Ça lui avait permis de rencontrer des pères qui très vite lui faisaient du gringue. Elle avait alors conclu un marché avec un hôtel trois-étoiles. On la logerait gratis. On la demanderait en fin d'après-midi quand un client désirait une compagne pour la soirée.

La soirée se terminait dans le lit d'Amélie. À présent elle avait l'habitude. Cela payait mieux que le baby-sitting. Le mec à la réception était au courant. Il a tout craché. Avec ses commentaires.

Amélie et Arnaud avaient mis au point leur tactique. La porte de la chambre s'entrouvrait au bon moment, choisi par Amélie lançant un petit cri. L'appareil cliquetait à peine. Se produisait parfois un dérapage, l'amant de la nuit jaillissait gueulant, Refile-moi ton rouleau. Arnaud s'exécutait, il évitait les histoires. Mais le plus souvent l'homme encore dans les vapes ne voyait rien du manège.

Envisageant la suite Arnaud se renseignait. Si l'homme n'avait pas d'épouse, pas de maîtresse en titre il s'abstenait d'intervenir. Si l'homme avait un foyer, une famille, il attaquait. Tant d'euros la pelloche. Un modeste chantage. Modeste pour l'homme en cause mais qui suffisait à couvrir les besoins essentiels des trois associés. Yvan écrivait des poèmes. Ça ne nourrit guère. Amélie aurait pu vivre de ses passes. Elle mettait de l'argent de côté. Pour ses parents dans leur vieillesse.

Entre nous on se moquait. Mais après tout que chacun se débrouille. Chacune aussi. Amélie, on la connaissait bien.

Sa mère a projeté une visite. Elle aurait voulu que le père l'accompagne, Tu ne les as pas vus depuis des mois, tes gosses – Il répondait, Va et tu me rendras compte. C'est lui qui a téléphoné pour les dispositions à prendre, la date du voyage, les horaires. Amélie a déclaré qu'elle pouvait se libérer. S'offrant deux jours de congé elle attendrait sa mère au train, lui montrerait les bâtiments officiels, la cathédrale, le monument aux morts, les grands magasins, le cinéma, les parcs. À l'hôtel pas de problème. Amélie était logée en échange de ses bons services. Le gérant laissait entendre qu'elle s'occupait des rejetons des clients quand les parents estimaient que leurs excursions, leurs rendez-vous professionnels n'avaient pas d'intérêt pour les enfants ou que des enfants turbulents les gêneraient dans leurs affaires.

On a donné à Odile une chambre confortable près de la chambre de sa fille. Le premier soir Odile était ravie. Il y aurait un déjeuner le lendemain avec Yvan et Arnaud. Yvan apporterait ses poèmes, annonçant qu'un éditeur avait l'intention de les publier. Il parlerait des travaux d'intérim qu'entre-temps il effectuait. Arnaud ferait admirer les photos de classe que le directeur de l'école du quartier lui avait commandées. Tout irait bien. Disait Amélie à ses frères. Joyeusement, pour les rassurer.

Récit du veilleur après sa ronde (il en a peut-être rajouté) : En pleine nuit, des piétinements furtifs, des coups à la porte d'Amélie. Qui ouvre. Un murmure, Je te tiens, salope, y a des semaines que je te cherche. Tu me l'as pris. Mon mari. Deux mains serrent le cou d'Amélie. Une autre femme sur le seuil, Ma petite fille. Elle hurle. L'étrangleuse rejette Amélie sur sa couette et détale, bousculant la mère en chemise de nuit.

Ni pleurs ni explications. Odile a gardé le silence. On suppose qu'elle a plus tard simplement recommandé de ne rien dire à papa.

Amélie a décidé de rentrer à la maison.

Et nous, quand on les a vues, toutes deux sortant de la gare, derrière elles Arnaud et Yvan portant les valises, on est demeurés immobiles. Nous, les copains d'Arnaud, qui a confirmé l'histoire. En riant, ajoutant çà et là des détails comme s'il ne s'agissait que d'une bonne plaisanterie. Oubliant qu'Amélie a été si longtemps le rêve de nos vies étroites. À nous, garçon boulanger, magasinier, ouvrier agricole. Ses amoureux éconduits.

Nous les anciens de la primaire qui avions joué avec elle à qui perd gagne (qui gagne perd ?), lui avions prêté nos billes, relaté avec conviction nos exploits imaginaires, offert des bonbons des perles avec l'argent piqué à nos parents, et à la cantine, le mardi, qui finissions dans son assiette sans le moindre reste d'appétit le hachis qu'elle détestait. Nous qui adorions au collège voir ses seins pointer sous le tee-shirt, s'affirmer son goût pour les fanfreluches, qui osions à peine glisser sous sa robe une main désirante, nous les résignés les fauchés les pas plus idiots que les autres mais – Nous qui avions fait d'Amélie notre commune idole allions désespérément et chacun de notre côté recommencer à espérer.

Pavés de cabillaud

Ils se trompent. C'est samedi.

Pavés de cabillaud à la crème de betteraves
Ingrédients (pour quatre personnes)

Combien serons-nous ? Julie Bernard Jérôme et moi. Quatre. Ça ira. Mais Bernard, ce goinfre, compte pour deux. Je vais forcer les parts. Non, Bernard sera raisonnable, le médecin dit qu'il doit maigrir (risque sérieux d'infarctus).

1 litre de fumet de poisson, 3 betteraves rouges cuites sous vide

Comment on cuit sous vide ? Me semble compliquée cette recette. Un potjevlesch serait plus simple. Bon, ce n'est pas l'heure de flancher (je m'encourage).

1 oignon – 1 gousse d'ail écrasée – 30 cl de crème fraîche – 8 pommes de terre – 2 carottes – 2 courgettes – 4 pavés de cabillaud

Plat complet du Nord-Pas-de-Calais. On en mangeait déjà dans les temps anciens. Au temps des Bourgeois de Calais. Les Bourgeois de Calais sont revenus à Calais. Ils ont fait un séjour à Rome, pensionnaires quelques semaines à la Villa Médicis. Pour rénovation. On les a grattés, récurés. Les voilà de retour. Me manquaient. Hier matin il pleuvait. L'averse leur donnait triste mine quand je suis allée chez le poissonnier acheter mon cabillaud.

J'ai invité Julie mon amie de toujours. Elle viendra avec Bernard, son ami du moment. Ce sera bien, très convivial. Jérôme et moi on les juge un beau couple. À l'évidence le nôtre est encore mieux. Trois ans déjà. Au début je pensais qu'avec Jérôme je m'embarquais dans une simple aventure. Ça a duré.

Cet après-midi j'ai un pressentiment, Julie et Bernard ne se montreront pas. *Tourner la sauce en y incorporant la purée de betteraves et vérifier l'assaisonnement.* Bernard suit un régime, le médecin l'a prescrit, Julie explique d'une voix pointue que mes plats sont trop gras trop copieux. Jérôme et moi nous aurons un dîner d'amoureux, sans témoins.

J'ai écouté France Info. D'abord c'était la météo, pluie et vent, mer houleuse. Puis ils ont annoncé un crime dans la région, déjà je ne me souviens plus, je crois qu'il s'agissait d'un homme trouvé près du terre-plein gazonné sur la place de la mairie un couteau enfoncé dans le dos. Un portefeuille totalement vide avait été jeté entre les pieds nus des Bourgeois de Calais. Sombre dimanche. Non, pas dimanche. C'est samedi. Le samedi Jérôme se rend très tôt sur les quais, il aime voir décharger la pêche.

Pour l'anniversaire de notre rencontre, le troisième – donc vous voyez ça dure – j'ai offert à Jérôme un portefeuille en lézard. Pauvre lézard se prélassant innocemment sur un mur au soleil, pourquoi l'attraper ? Et pourquoi ai-je organisé ces réjouissances ? Invité Julie et Bernard ? Ce samedi. Bernard, lui, m'offrira un bouquet. Jérôme est sorti de bonne heure afin de rapporter tout chauds les croissants du petit déjeuner. Quelqu'un est venu me parler. On m'a posé des questions. J'ai répondu, Bien sûr que nous vivons ensemble. Le flic paraissait mal à l'aise. Je lui ai conseillé de s'asseoir. Il a dit non, il a dit –

Il n'a rien dit. Jérôme va téléphoner. Les raisons de son absence : une rencontre avec les gars du club de sport. Ils tirent des plans pour leur match de demain.

Demain ce sera dimanche.

À la radio ils racontent. Dimanche matin. Crime crapuleux. Relevé le portefeuille sur le terre-plein. Ce lézard, on l'a tué. Pourquoi ? Ne faisait de mal à personne.

C'est samedi.

L'ambulance a emporté la victime. L'homme assassiné. Les cloches sonnaient c'était dimanche à ce qu'ils prétendaient ils se trompent. Autour de moi ça chuchotait, on n'allait pas me laisser seule. J'ai répondu que j'avais de quoi m'occuper. Je cuisine.

On a voulu me confisquer mon radio-réveil, on m'a dit de respirer lentement, on m'a proposé de l'aide. Ça se nomme soutien psychologique. Je n'écoutais qu'à peine, le temps presse, je dois écraser les betteraves émincer l'oignon faire un roux pocher le cabillaud. Où ai-je donc bien pu foutre ce maudit poisson ? Si on vient encore me troubler je me tromperai dans mes mesures.

Les feuilles froissées couvrent la table, j'ai écarté les épluchures rassemblées sur le journal. En première page la photo des Bourgeois de Calais qui ont subi le grand nettoyage. Contre le pied nu du plus vieux – Non. Rien. Les pelures d'oignon volent, je tourne la page, beaucoup de pub sur la suivante. Centres commerciaux. Boîtes de nuit.

Du calme. On est seulement samedi. Ce soir j'invite je régale. Mon poisson est dans le réfrigérateur. J'ai dû le mettre étourdiment dans le tiroir pour les légumes. Jérôme me trouvera au travail quand il reviendra apportant le pain.

À quoi pense-t-il, ce policier devant ma maison, raide comme un piquet. Tout à heure il s'est pointé avec un type à l'air aimable encombré d'une serviette de cuir et qui m'a donné des cachets. Il paraît que ça endort. Je me suis étendue un instant sur le divan mais je ne veux pas dormir. J'ai dit, D'accord je les prendrai. Plus tard.

Tailler les betteraves en petits cubes. Le jus sur mes mains. Couleur de sang. La flaque, le portefeuille tombé sur le gros orteil d'un Bourgeois de Calais. De celui-là qui a l'air de souffrir – Jean de Fiennes ou Andrieux d'Andres – corde au cou, chemise froissée.

C'est samedi.

La bouteille de cognac me garde en forme. Pas besoin de sortir un verre. J'ai bu longuement à la régalade. Pour ranimer mon ardeur à la tâche.

Les betteraves.

Tailler.

Puis je fleurirai la tombe. Lapsus. L'alcool m'étourdit. Fleurir la table. Le bouquet de Bernard et Julie. Changer l'eau. Ne pas renverser le vase.

Vais-je les voir ? Les deux autres. Afin de leur déclarer, Je ne joue plus on recommence ? Julie prétend que mes plats sont trop riches. Bernard est fort mais pas obèse. Les agents qui rôdent. Qu'est-ce qu'ils. Personne n'aimerait être invité un samedi soir dans une maison sous surveillance. Un dimanche, relevés de leurs fonctions, les flics me laisseraient tranquille. C'est samedi je prépare le dîner. Qu'ils me contraignent à ne pas m'agiter et je leur montrerai à quoi sert un couteau. Peut servir. Dans l'urgence.

Vite. Couper les betteraves. Trancher l'oignon.

Sous l'eau froide. La meilleure façon d'éviter les larmes.

C'est samedi. Quatre pavés de cabillaud. Jérôme va rentrer tout à l'heure. Je bois. Une gorgée. Encore une.

Les gens disent qu'un homme est mort. Les gens disent n'importe quoi.

Viens

Quand je lèverai les yeux tu seras devant moi fermant le ciel et la grève. Arrivé d'un ailleurs. De la mer. Les cris des enfants feront un bruit de fête. Mes rêves ont pris des couleurs éclatantes. Un ballon roule, énorme fruit prêt à se fendre. Je t'aime. S'immobilise au bord d'une flaque, tremble dans l'eau violette. J'écris mal, le soleil m'éblouit. Viens.

Il marche. Ses chaussures, l'une puis l'autre et encore, avancent, deux insectes énormes et maladroits deux carabes obstinés il fait chaud j'aurais dû. S'arrêtant, se courbant, les mains larges et pâles saisissant le lacet, nouant une rosette. Ses doigts ont rencontré le sable et s'y enfoncent, les grains de coquillage s'envolent et retombent poudrant la manche du veston un tissu de bonne tenue, laine et rhovyl, un costume bien coupé, parfait pour le bureau. Il se redresse. Ici et là ces corps libérés. Sur son corps à lui les étoffes pèsent, la ceinture de cuir le serre aux hanches, ses doigts palpent la chemise il ouvre le col, libère le foulard, déjà on se sent mieux.

Elle écrivait. Elle est assise, le papier à lettres posé sur son livre, un chapeau de paille abandonné près d'elle. La main de l'homme a touché son épaule, elle a tourné la tête, du poignet elle a écarté le pan du foulard qui frôlait sa joue. L'homme agenouillé la tient contre lui. Elle a glissé la lettre dans le livre, elle a dit, Je croyais – et lui, Je suis venu.

Il a ri. Il ôte sa veste, remonte les manches de la chemise sur ses bras blancs au duvet sombre. Il a sorti un mouchoir de sa poche, essuie son visage que la fatigue meurtrit. J'aurais dû te prévenir, mon travail terminé je suis parti si vite. Je resterai ici jusqu'à la fin du mois. Vraiment ? Quelle bonne idée. Il caresse l'épaule, le cou et ses triangles d'ombre. Elle hésite, Attends. Raconte. Là-bas. Le courrier les factures, ta liste tu l'as consultée ? la liste que j'avais préparée, les rideaux la note du teinturier, payer Mme Lebert arroser l'azalée vérifier le chauffe-eau as-tu fermé le gaz.

Là-bas. À la maison. Elle enlevait ses sandales à talons qui claquaient sur les marches du perron elle montait les pieds nus. Ma cheville me fait mal je suis en retard, c'est à cause, voix brouillée cheveux fous, J'ai rapporté le pain. Un autre jour, Six heures déjà je voulais rentrer tôt ne te fâche pas c'est que j'ai rencontré – Non, il ne se fâche pas. Et pendant qu'il descend acheter un journal, Et le pain s'il te plaît j'ai oublié le pain, elle a dit, Allô Lise écoute j'ai raconté à Jean que cet après-midi. Tu te souviendras. Boulevard de la Paix, rue de la République, à la biblio, n'importe l'endroit je n'ai pas d'inquiétude tu sauras le convaincre, ta voix calme ton sourire innocent. Parfois je me demande –

Je me demande, dit-il, si je n'ai pas pris un bijou trop épais. Sortant une boîte de sa poche et elle froissant le papier écartant la ouate rose, découvrant le bracelet d'argent qu'elle convoitait.

Une plage immense. Des enfants jouent. Je m'ennuie tu me manques. Viens.

Il y a eu Lise, la très précieuse, jamais à court d'idées, d'alibis, Oh Lise rappelle-toi que tu m'as vue hier au musée nous dirons tu lui diras –

Puis elle a décidé de partir quelque temps. En vacances. Ce serait bien. Après ces complots et ces ruses. Jean ne pourrait venir, trop de travail à l'entreprise. L'autre avait dit, J'essaierai. Au moins pour un long week-end. Elle attendait l'autre.

Jean dévalait l'escalier traversait le trottoir ouvrait la portière de la Fiat aux sièges de cuir, il part. Changement de programme, quel bonheur. Voiture élégante. Dans la valise des pulls légers, des shorts et tee-shirts.

Elle écrivait à l'autre. Elle a écrit, Viens.

Jean est venu. Et avec une légère inquiétude, J'ai bien choisi ? Ça te plaît ? Lise m'a conseillé.

Jean. De Jean elle connaît tout. Tête renversée sur l'oreiller le globe laiteux de la paupière, cette narine qui palpite, une veinule éclatée. Pendant dix ans sous son regard. Les amies le trouvent très classe. Lui, Tu es ma merveille. Ses lèvres sur l'épaule nue, elle frémissant, Arrête, on nous observe. Elle écartant le livre, le bord de la lettre visible entre les pages, et lui, Tu m'écrivais. Elle sourit, elle a glissé le livre dans son sac. Le bracelet brille à son poignet. Un ballon file, des gamins le poursuivent. Il est debout elle ne voit plus que le pantalon gris et les chaussures vernies, Tu me prends mon soleil.

Il s'assoit sur le sable. Cette lettre laisse-moi la lire. Elle dit, J'ai seulement commencé. Il dit, Je la garderai. Je l'ai attendue tous les jours. Hier encore hier matin. N'importe c'était hier, aujourd'hui je suis là. Près de toi. Je n'y comptais plus. Puis on m'a averti que je pouvais partir. C'était magnifique et je n'ai pas traîné. Demain, demain – je disais.

Demain, les jours suivants. Tout le mois de juillet. Les jours les heures. L'espoir en miettes *la solitude est dure, viens*. Il ne viendra pas. Allô, Lise, je t'expliquerai – Jean est ici.

Les mouettes sur une bouée orange. Tu as fait un long voyage tu dois être fatigué va te reposer un moment, l'hôtel est calme, du balcon on voit toute la baie. Et lui, Viens. Le regard avide les mains chaudes. Elle a baissé les paupières, sans doute elle espère un miracle, l'entreprise envoie un message, retour exigé, présence indispensable, on offre à Jean de l'avancement, un poste important à Lima Rio Liverpool, Pondichéry Karikal et Mahé ou San Francisco Melbourne Bogotá, même (départ immédiat) à Lille Roubaix Tourcoing, Oh oui bien sûr, ton avenir, ambitions légitimes te rejoindrai plus tard. Elle a fermé les yeux. Il parle, Je suis venu ce n'était pas facile, au bureau ils m'avaient pressenti pour une mission en Chine, un long voyage six mois d'absence, j'ai réussi à les convaincre, François prendra ma place. François est ravi de sa chance il prévoit une grande aventure. Il est très occupé, le passeport les visas, Lise a offert de l'aider ils ne se quittent plus, ils étudient les cartes.

Elle s'agite, froisse la serviette de bain, le ballon mal contrôlé a renversé le sac, le livre s'est ouvert, la lettre en est tombée. Il se courbe elle s'est redressée, rassemble ses affaires, lettre livre stylo lunettes teintées, les enfonce dans le sac tire sur la glissière, lui se levant, marchant vers le lit d'algues abandonnées, noircies, desséchées, une femme crie, Rentrez c'est l'heure, des enfants sortent de la mer, il franchit des plaines et des fleuves abîme le château de sable, Qu'est-ce qu'il fout dans ma tour ce mec, Oh pardon je n'avais pas vu. Elle courant vers lui, courant pour lui dire – mais c'est une autre qui le dépasse, courant vers les vagues. Elle est là-bas un bras en travers du sac, au poignet un anneau superbe. Elle avait dit, Jean, te voilà. Ajoutant, Bonne surprise. La lettre a glissé hors du livre. Il a lu *François chéri.* Il a lu, *Viens.*

Qu'elle reste sous le soleil mordant. Les mouettes lancent un cri d'appel. Qu'elle suffoque, que le ciel l'écrase. Elle a dit aussi, Ah, Lise et François. Tiens, ne se quittent plus –

Lui s'éloigne encore un peu, s'appliquant à ne pas troubler le bel ordre des jeux de plage, épargne une digue évite un barrage, le sable crisse dans ses chaussures. Puis il tourne le dos à la mer. Il remonte vers elle étendue à présent, une mèche de cheveux collée sur sa joue moite. Le front taché de rousseur, paupières closes, lèvres pincées. Sur le nez la peau s'effrite en minuscules copeaux grisâtres. Il se penche.

Elle dort. Ou fait semblant. Le sac serré contre elle. Il lui recouvre le visage avec le chapeau de soleil.

ON PRENDRA LE 6 H 47

Tu auras eu à peine le temps d'avaler un bol de café tiède, un toast pas même beurré. Déjà tu te plaindras que tu as faim, que partir le ventre creux sans ton *bacon and eggs* ou tes *beans* c'est mortel et même tu tenteras de me démontrer –

J'entendrai rien parmi le brouhaha des premiers arrivés qui auront déjà commencé leurs parlotes, confortablement installés sur les sièges à losanges verts et bleus.

Je serai debout devant la portière, appuyée à la barre d'alu, à côté des toilettes. Toi assis au ras de mes adidas parce que ton patron se fiche que ton jean soit pas de la première fraîcheur.

On aurait dû prendre le 6 h 17. Y aurait eu de la place et autour de nous des gens encore un peu endormis, pas chiants, plutôt que ces essoufflés qui ont lutté sévère pour se laver les dents, se passer le peigne dans les cheveux devant le miroir fêlé au-dessus du lavabo qui fuit.

Ou bien : on aurait dû prendre le 7 h 37. Sûr que ça aurait râlé côté boss et côté dirlo mais un retard avec excuse valable ça n'attire rien de plus qu'un blâme. On aurait raconté que grandpa s'était plaint toute la nuit de son arthrose, qu'il avait fallu lui tenir la main, le masser, lui faire avaler un truc impossible et boire un verre d'eau sucrée.

On ajouterait que les voisins de palier – des fêtards qui rentrent à pas d'heure – nous ont après cassé les pieds jusqu'au matin avec leur saloperie de musique, blues-rock-salsa-country-house-soul-jazz-heavy metal.

En prenant le 8 h 57 (et avant de quitter l'appart pour moi deux gouttes de Kenzo-Love – une folie – pour toi un pffuitt de Rexona for men) on aurait peut-être rencontré toi une fille moi un garçon et le monde aurait eu des couleurs. On aurait pas validé. Le *ticket collector* (champion du devoir civique) aurait gueulé grave (faut baisser humblement la tête). On aurait donné rendez-vous pour plus tard à nos nouvelles connaissances. On serait allés se déguiser ringue avec la blouse obligatoire. On aurait eu hâte de finir la journée pour se raconter nos aventures, tout ce qui se passe après l'usine où tu pointes et après l'école où je mouche les mômes à grand renfort de kleenex, leur essuie le derrière, presto les reculotte. Tu aurais dit, Tiens ma frangine est pas rentrée, elle glande, et moi, Tiens mon frère a pas pris le 18 h 40, sachant qu'on se retrouverait vers les 22 ou 23 heures at home parce que nos amours c'est toujours du rapide.

Tant qu'à buller on aurait dû prendre le 12 h 27 pour arriver pile à 13 heures (c'est la pause). On aurait mangé nos sandwichs que je tartine la veille, qui sont rassis mais bien équilibrés. Toi, près de la fontaine d'eau extrapotable de la salle du relax, la seule qui soit pas trop crade dans cette boîte à la con où les gars rêvent de sports extrêmes, moi, cour des grands, quatre ans révolus, qui en moins d'une minute vont foutre le bordel avec l'espoir qu'on oubliera la sieste.

Dans ta tête tu serres les boulons, tu combles ton retard (simplement dans ta tête) et moi je fredonne (faux) un chouette lon-la lon-lère afin de calmer la marmaille.

Aurait fallu pour que ça change, qu'on rattrape en fonçant vers la gare, moi, le fils du ministre de l'Éduc et toi la fille (ou bien la nièce) du P-DG de M.T.industry (tous les genres de machines-outils). On aurait flashé net. Eux pareil. Leurs paternels nous auraient refilé des jobs hypercool. Mais ils fréquentent pas le 6 h 47, prennent jamais les *tranz-metro* pourris quand ils vont à leurs affaires et même s'ils décidaient de s'enracailler ils les prendraient pas aujourd'hui pour la raison qu'hier, au bout de Lambton Quay, un loub, un de nos potes, bonnet enfoncé jusqu'aux yeux, en sweat polaire et doc martens, les voyant descendre d'une Porsche Cayenne, les a chahutés méchamment et flingués à bout portant.

Attendez la suite

Si la police cherche des histoires, vous qui lirez mon note-book que j'arrête pas de paumer allez pas nous causer des emmerdes. Demander qu'on témoigne et tout.

Parce que.

Ouais, ça pourrait être une blague.

Down under

Les pohutukawas s'orneront à Noël d'une floraison rouge.

Jane regarde, près de la maison, les deux arbres immenses. Ou bien elle voit plus loin, d'autres arbres nombreux, dans le bush, avec des branches aussi grosses que leurs troncs, des branches qui prendront racine. Jack dit que tout au long du jour ont lieu des échanges, d'interminables discussions entre les arbres et les oiseaux. Bizarres conciliabules. Là-bas, la mer.

Jane a trouvé un sécateur dans l'abri de jardin, elle coupe les roses fanées, elle explique que cela favorisera une nouvelle éclosion. Des roses presque semblables à celles du Botanic Garden. Des fleurs simples en buisson épais ou d'autres plus charnues aux rangées de pétales multiples. Il en reste en abondance que la pluie a épargnées. Jack fronce les sourcils, sans doute étonné de découvrir une Jane, d'ordinaire indolente, soudain active, même enthousiaste. Il dit, On a bien fait de revenir, l'été austral te redonnera des forces, la vie retrouvera ses parfums ses nuances. Elle dit oui. Elle le répète, C'est bon le temps du retour. Demain j'irai dans le bush. Je veux revoir le flax et les fougères. Écouter les oiseaux-moqueurs. Revivre un peu notre jeunesse. Tu viendras ? Jack sourit, Eh bien, si j'ai fini mes travaux dans la serre.

La maison est en bois, les cloisons craquent, on entend parfois le sol qui gémit. La serre occupe tout l'espace au-delà du gazon jusqu'à la mince clôture. Le jardin est accueillant, la lumière vive. Un coup de vent gifle les feuillages. Puis le ciel devient gris, l'atmosphère étouffante. Une averse se prépare. Rentrons, dit Jane posant son sécateur, soulevant son panier. Jack s'éloigne. Rentre, a-t-il dit, je vais fermer la serre.

Mais la terre a tremblé. Cela n'a duré que deux ou trois secondes. À présent le ciel est bleu, la mer est belle, une mer à peine agitée.

Jane est tombée devant la porte, ce qui a été la porte. Elle se redresse. Jack a roulé parmi les débris de la serre. Lèvres crispées, Jack sourit à jamais, un éclat de verre lui a tranché la gorge. Jane crie.

En contrepoint le concert des oiseaux.

À Noël les pohutukawas se couvriront d'une floraison rouge sang.

Brocolis

Mon histoire
(puisque raconter ça aide)

Non. Pas merci Jésus. Pas pour les brocolis. Pas bien mangé bien bu.

Bien bu, peut-être après tout. L'eau est pure. L'eau est fraîche. Sœur Saint-Théophile l'a tirée du puits. Elle se penche sur la margelle et je me dis qu'elle va basculer. Mais non, elle se redresse attrape le seau qui est très lourd. Quand le vent souffle dans sa robe j'ai encore des craintes. La bise pourrait l'arracher du sol, la déplacer un peu et plouf, la laisser retomber. Dans le puits. Le seau rempli la retient mais supposons qu'elle le lâche. Même avec son jupon doublé c'est un poids plume. Elle s'est libérée – elle le dit – des liens qui rattachent au terrestre. Elle suggère que moi aussi je me libère. Par exemple il serait convenable que je me fiche éperdument de ce qu'il y aura au menu du dîner.

Ben oui, je m'en fiche. Dans l'ensemble. À l'exception des brocolis que je déteste. L'ordinaire, pâtes, riz, patates cuites à l'eau, ça passe. Je préférerais des frites mais ici on ne frit pas. L'odeur de friture est pour les bonnes sœurs une mauvaise jouissance qui a rapport avec l'enfer où brûlent les pécheurs égarés, et puis nettoyer la friteuse ferait courir des risques de taches indélébiles aux robes des cuisinières à travers le tablier.

LE BROCOLI APPARTIENT À LA FAMILLE DES CRUCIFÉRACÉES

J'ai employé les lettres capitales pour donner du punch à mon texte. Cruciféracées : du latin *crucifer*. Les pétales de la fleur sont disposés en croix.

Quand j'étais petit le repas terminé je la chantais à pleine voix, cette ritournelle, *J'ai bien mangé et j'ai bien bu oh merci mon Jésus*. Je ne mangeais pas de brocolis mais des gratins. Ma grand-mère me nourrissait copieusement, surveillait ma croissance. Plus tard j'ai dévoré des steaks et bu du vin. L'alcool c'est pas recommandé. À doses raisonnables ça me réussissait. Me gardait insouciant, léger.

J'ai été léger. Ce qui ne m'a pas empêché, le jour de mes dix-huit ans, de me conduire en adulte. J'avais perdu mes parents peu après ma naissance dans un accident de montagne, ensevelis sous une avalanche, et grand-mère – restée le bébé sur les bras, l'ayant dorloté changé bercé gavé puis (l'enfant avait grandi) écouté grondé encouragé soutenu de ses judicieux conseils pendant dix-sept ans et quelques mois sans le voir y gagner rien d'autre qu'une bonne santé (taille 1,80 m, poids 72 kilos) et un C.A.P de maintenance – commençait à montrer des signes de fatigue, déclarant qu'il serait temps que je me prenne en charge. Ça signifiait que je devrais désormais subvenir à mes besoins, même modestes. J'avais sous la main la gazette du diocèse, lecture favorite de ma pieuse mère-grand. J'ai feuilleté les petites annonces. Une communauté de douze religieuses recherchait un homme solide pour tous travaux d'entretien. Logé nourri. Et payé. Mal payé.

J'allais pas me montrer difficile. J'étais costaud. Si je n'avais jamais brillé dans les matières scolaires, excepté le texte narratif comme on dit, je savais me servir de mes mains. Je me suis présenté à la supérieure. Elle m'a d'abord rabroué, elle voulait un vieux encore vif qui désirerait arrondir sa retraite. Mais ce jour-là il y avait au couvent un tas de choses à réparer, une bêche demandait un manche, un prie-Dieu boitillait tristement, le tabernacle de la chapelle ne fermait plus qu'à coups de pied. J'ai tout de suite fait mes preuves. Depuis longtemps, chez mamie, je jouais le rôle de l'homme à la maison.

Sœur Saint-Théophile était douce, sœur Sainte-Barbe très pétillante, et j'aimais écouter les histoires de miracles que racontait sœur de la Visitation. Trois filles sympas sur la douzaine qui formait la congreg', les autres n'étaient sûrement pas mal mais ça ne me semblait guère possible d'échanger des propos avec elles, un vœu de silence les rendait quasi muettes. Ces trois sœurs cuisinières, chargées d'alimenter le lot méditant, je les ai vite considérées comme des copines.

Sœur Saint-Théophile était ma préférée. Jolie voix, sourire tranquille. Elle se souciait de mon bien-être et appréciait mon travail. Je fendais les bûches, rangeais le bois dans la chaufferie, maniais habilement la truelle pour colmater les fissures qui s'ouvraient dans les murs du couvent, puis repeignais en blanc cassé.

Je ne me posais pas de questions sur le mode de vie de ces femmes. Satisfaites d'un sort accepté elles en remerciaient chaque jour le Seigneur. Je ne croyais pas aux prodiges que rapportait sœur de la Visitation mais j'avais toujours eu un goût pour les contes. Ça me donnait l'occasion de rêver. J'étais à l'aise, heureux ou presque. Je refusais de m'attarder sur ces moments d'angoisse où j'apprenais que la supérieure établissant chaque samedi le menu de la semaine suivante prévoyait des brocolis. Avec pour les religieuses et le personnel *idem* la stricte obligation de ne rien laisser dans l'écuelle parce que c'est Dieu qui la remplit.

LE BROCOLI APPARTIENT À LA FAMILLE DES CRUCIFÉRACÉES

L'une des sœurs cuisinières m'a expliqué (elle était aussi diététicienne) tout ce que nous offrait cet aliment. Elle m'a prêché ses avantages, sa vitamine C abondante, deux cents grammes de ce légume en fournissent l'apport quotidien nécessaire à l'être humain. Et puis calcium magnésium potassium et – flavanoïdes (ça devenait compliqué). Elle y ajoutait la provitamine A. Et la B9. Le louant aussi pour sa richesse en fibres – qui favorisent merveilleusement le transit intestinal, waouh – et en composés soufrés.

Malgré tout, écœuré, un soir de dîner brocolis j'ai versé dans ma poche le contenu de l'assiette. Le jus a coulé sur mon froc. Comme je revenais en cuisine, chargé de vaisselle sale et des corbeilles à pain, sœur Saint-Théophile a plaqué la main contre sa bouche.

Puis elle a libéré sa bouche et murmuré, Ôte ton pantalon.

Je l'ai ôté mais seul dans ma chambre. J'ai brossé le dégueulis, renfilé le falzar humide. La toile une fois sèche on ne voyait plus grand-chose. J'étais assez content de moi.

Cette nuit-là j'ai entendu chanter sœur Saint-Théophile. Elle se penchait sur mon lit, elle chantait sur l'air des matines puis sur l'air des laudes et l'air des complies, elle roucoulait, Ôte ton pantalon. Je me suis réveillé, fiévreux et transi. J'ai vérifié que je m'étais endormi en caleçon comme à l'habitude. Une fois recouché j'ai eu un cauchemar. Je ne portais plus ni pantalon ni caleçon et ma bonne sœur d'élection armée d'un gant de toilette épongeait sur mes parties le jus phosphoré des crucifèracées. Parce que le brocoli appartient à cette famille (voir plus haut).

Sœur Saint-Théophile va puiser de l'eau. Le vent soulève sa robe. La supérieure postée à la fenêtre de son bureau n'aperçoit qu'une cheville, pour elle c'est rassurant j'imagine, moi j'ai deviné la courbe d'un mollet ça suffit à me troubler. Sœur Saint-Théophile en toute innocence m'a dit, Si tu veux me donner tes vêtements je les passe à sœur Marguerite qui est chargée des lessives, ce serait plus pratique, ça t'éviterait une corvée ou de payer en laverie le forfait pour cinq kilos. Cette nuit-là je rêve que sœur Saint-Théophile s'adresse à saint Théophile et le prie d'ôter son pantalon.

J'avais vécu au lycée pro une période de doute et de méfiance. Ma grand-mère n'avait pour amies que les saintes du calendrier et Notre-Dame, vierge et très pure, pour bienfaitrice. À l'âge où on lorgne l'autre sexe, j'étais dans une classe – section maintenance – qui ne comportait que des garçons. Au couvent, passé l'euphorie du début, je me suis tenu sur mes gardes. Les nonnes sont des femmes après tout. J'ai réparé les outils, chargé la bétonneuse et en suivant les instructions des manuels (collection do it yourself) révisé l'installation électrique. J'ai aussi taillé une cale pour les pieds ballants de Jésus s'efforçant de prendre appui sur une croix déglinguée. Par instants je rencontrais les regards des trois sœurs préposées aux fourneaux me fixant avec une certaine anxiété. J'épiais leurs conciliabules, Qu'est-ce qu'il a ce petit ? Tant (trop) d'ardeur à la besogne. N'arrête pas. On dirait qu'il nous fuit.

En vrai la seule qui ait fui a été sœur Saint-Théophile, elle a quitté le couvent. Paraîtrait qu'elle est tombée amoureuse du facteur qui délivre régulièrement la gazette du diocèse avec l'horaire des offices, et aussi les notes de gaz et d'électricité. Elle n'avait pas encore prononcé l'engagement définitif. La mère supérieure a eu beau dire, l'exhorter, entonner des cantiques, ça ne l'a pas décidée à demeurer fidèle au divin fiancé.

Moi désormais je me sens solitaire. Je voudrais m'en aller. La supérieure me félicite, elle ne cesse de répéter autour d'elle que je suis un cadeau du Bon Dieu. Rude à la tâche. Et très doué. Il y a peut-être au-dehors des filles cherchant un bricoleur adroit (machine à coudre en panne, freins de vélo qui coincent, lavabo à déboucher), des filles délurées qui, le travail accompli, sauraient m'ordonner, Enlève ton futal. Et même ton caleçon. Mais j'hésite, je n'ose pas rentrer dans le monde laïc. C'est elle qu'il me fallait, ma belle au doux sourire. Son ventre s'arrondit, grand-mère a entendu les potins du village, le facteur voulait un enfant. Alors j'attends qu'une sœur converse, rose et souriante sous le bonnet des novices, s'en vienne un jour me guérir de cet amour perdu.

LE BROCOLI APPARTIENT À LA FAMILLE DES CRUCIFÉRACÉES

On l'a connu aux temps anciens comme un légume apprécié des Romains qui le cuisinaient à l'huile d'olive avec du vin blanc et de l'ail. Ils lui attribuaient – dit-on – quelque vertu aphrodisiaque. Pour séduire la nouvelle arrivée (sœur de la Miséricorde ou encore sœur de la Passion) j'aurai sûrement besoin de vitamines. Dans l'enclos derrière la chapelle, où je fais pousser des herbes aromatiques et çà et là un peu de chanvre aussi, je me demande – oh j'hésite – si je ne devrais pas – en mes rares moments de loisir – dans un endroit abrité, cultiver des brocolis.

PRÉVOIR UN SOL RICHE, FRAIS, PROFOND, BIEN DRAINÉ

Canicule

Le chêne de la reine est mort. Le chêne de Marie-Antoinette. Il n'a pas résisté à la chaleur de juillet. Il avait trois cent vingt ans. Il restera debout encore, quelques racines le retiennent mais on étaie son squelette afin qu'il ne soit pas un risque pour les enfants qui, le dimanche, jouent dans le parc du Petit Trianon.

Marie-Antoinette est morte. Elle avait trente-huit ans. Les révolutionnaires lui ont coupé la tête. Elle était – dit-on – frivole et dépensière, on a souvent raconté que pour rassasier un peuple affamé faute de pain elle a conseillé la brioche.

Yolène est morte. C'est du moins ce qu'a crié Armande lorsqu'elle l'a vue glisser entre deux eaux. Les pompiers l'ont tirée de là et soumise illico à un massage cardiaque. Ils ont pratiqué aussi la respiration artificielle. Yolène a vomi son déjeuner en un jet puissant sur le torse d'un pompier, elle a ouvert les yeux. Elle a essuyé le blouson du pompier avec son foulard de coton imprimé. Elle a dit, Merci. Elle a ajouté qu'elle n'avait pas fait exprès de se noyer, qu'un accident est vite arrivé. Yolène s'est relevée, a souri un peu tristement, s'en est allée dans les W.-C. publics se débarrasser de sa robe, enfiler des vêtements de rechange, et enfin s'est dirigée vers le Centre Enfance handicapée où un garçon pas comme les autres a battu des mains en la voyant rentrer. C'était Jules.

Pardon, il y a erreur. Ce ne sont pas des trisomiques communément appelés mongoliens. Yolène les appelle ses anges. Des anges plutôt violents. Elle dit que sans eux que deviendrait-elle ? Et eux sans Yolène ? Dans leurs accès de colère ils perdent totalement la parole, ils ne s'expriment plus que par des cris aigus. Elle dit, Bien sûr je les comprends. Parfois on prétend qu'ils sont autistes. Des enfants qui se coupent du monde, qui refusent. Tout. Ou presque. Ils acceptent Yolène.

Donc. Reprenons. Yolène est tombée dans la rivière. Mais elle en est sortie. Vivante. La voici. Jules rayonne. Vous avez dit – ? Eh bien oui, Yolène a réussi un miracle : le visage de Jules, sombre d'habitude, s'est soudain éclairé.

Jules est le pire ennemi de Germain. Quand Germain voit Jules il braille.

Jules et Germain ne savent rien du chêne.

Le chêne est mort. Pour cause de canicule.

En troisième B du collège Pierre-Emmanuel-Favier, à Tertemont-Poully (Haute-Vienne), on est très loin du chêne de la reine, on a appris la nouvelle, le chêne a été frappé, il ne survivra pas, déjà il pourrit. Malgré la chaleur le professeur intérimaire emmène ses élèves en forêt, c'est la leçon des sciences de la Terre. Il y aura aussi la leçon d'histoire avec la mort de Marie-Antoinette.

Brian dit, J'aimerais qu'on guillotine encore. Par exemple ça me plairait qu'on coupe la tête à Luco. Il est déjanté ce mec. Sa gueule qui pisserait le sang on la promènerait sur un bâton pointu. On la montrerait sur les places.

Le professeur intérimaire a soupiré, Tais-toi Brian, tu dis des horreurs. Vous prendrez vos cahiers de dessin au retour de la promenade, vous y reproduirez les différents arbres qu'on trouve dans une forêt selon le degré d'humidité et l'acidité du sol. Dans le parc du Petit Trianon il y avait un énorme chêne, qui me dira de quoi le chêne a besoin ?

Florence n'écoute pas. Elle bâille. Devant ce jeune professeur (intérimaire) au collège Pierre-Emmanuel-Favier (à Tertemont-Poully, Haute-Vienne). Elle souffle à la petite Armande, Tu crois que je lui plairais si je me maquillais un peu ? Elle rit.

Tellement fort que le prof se fâche. Les élèves qui s'amusent et bavardent quand ils devraient écouter la leçon seront privés de « classe découverte ». Florence n'est pas une élève du collège, elle est ici en stage, future psychologue scolaire envoyée par son université pour observer les collégiens, relever leurs réactions, en tirer des conclusions sur le contenu des programmes. Le professeur évoque à présent la mort d'une reine sur l'échafaud, mère de trente-huit ans, trois enfants mineurs à sa charge. Un sujet plutôt grave.

Et la mort d'un arbre ? dit Brian.

Un vrai bordel, dit Luc. Mais le chêne était méga-vieux.

On rentre on ouvre les cahiers. Luc et Brian se donnent des coups de pied sous la table. Luc menace, Tu vas voir. À la récré. Toi aussi grogne Brian. Quand vient l'heure de la récré sans doute ils ont oublié, ils flânent. Le surveillant rejoint le proviseur et chuchote.

Luc dit que sûrement le pion a cafté. Brian sort de sa poche un bout de ficelle et décide qu'on va l'étrangler. Non, c'est Luc qui a parlé. Il ajoute qu'il adorerait flinguer le prof des sciences de la Terre trop emmerdant avec ses cours débiles.

Dans la forêt un énorme chêne ressemble à celui de Marie-Antoinette. Près de son arbre – à ce qu'on dit – elle jouait du miroir, se contemplait, souriante, dans l'ombre du sous-bois. Il paraît qu'elle s'est parfumée et coiffée très soigneusement le matin de son exécution.

Luc, Brian et leurs camarades en ont assez d'apprendre les Rois et les Reines. Ils préféreraient qu'on raconte Napoléon et ses batailles (à l'exception de Waterloo ou du franchissement de la Berezina). Napoléon n'a pas planté de chêne dans le parc du Petit Trianon.

Mme Dutour la cuisinière du Centre Enfance handicapée accuse très haut Jules et quelques autres d'avoir renversé exprès la soupe aux pois sur le parquet et refusé de passer la serpillière. Yolène qui les accompagnait déclare qu'elle n'a rien vu de tel ou bien ce n'étaient que des gouttes qui ont débordé de l'assiette. Mme Dutour lance un regard furibond vers la table où Yolène est accoudée. Elle dit mezza voce, En voilà une qui n'aurait jamais dû quitter le fond de la rivière, et ça pour venir dégueuler sur un blouson tout neuf. Le fils de la Dutour – un pompier (bénévole) – a frotté son blouson avec du K2R. Peine perdue. Reste taché.

Au collège Pierre-Emmanuel-Favier le prof prépare ses cours du lendemain. Il est un peu fatigué, il s'endort quelques minutes puis bat des paupières, avouant qu'il a rêvé de Marie-Antoinette. Elle revenait pleurer son arbre.

L'apprentie psychologue scolaire écrit un rapport à l'université pour rendre compte de sa mission.

Brian a trouvé la tronçonneuse sous le préau. C'est le jardinier du collège de Tertemont-Poully (Haute-Vienne) qui l'a reléguée dans un coin. Avec ça on coupe les arbres, dit Luc. On les débite en rondins. Comment tu sais ? a demandé Brian. Luc a répondu, Y a que les connards qui.

Il ajoute que cet outil-là sert aussi aux assassins.

Le prof a vu le récit du crime à la première page du journal, l'assassin de la semaine a terminé sa besogne à l'aide de la tronçonneuse, il a ensuite rassemblé les morceaux de sa victime dans un sac de jute. Mais le sang a coulé. S'est répandu sur le bitume quand le sac a été transporté vers le camion. Les policiers recherchent le meurtrier. N'autorisez pas les enfants à jouer avec une tronçonneuse. C'est dangereux si le bûcheron (ou l'assassin) n'a pas bien rattaché la barre. Luco a dit à Brian, Pose ton doigt et je le tranche. Brian le nargue, Je risque tout.

Mais Brian a encore ses dix doigts. Luc a flanché. Il a laissé agir le frein. Parce que Florence a crié.

Au Centre Enfance handicapée Jules et Germain se sont battus. Maintenant ils s'embrassent. Le professeur du collège (de Tertemont-Poully, Haute-Vienne) est allé sur place rencontrer les gamins et a décidé de prendre ces deux-là dans sa classe afin de leur enseigner quelques rudiments des sciences de la Terre. Les enfants se querellent mais s'embrassent pour finir donc rien n'est perdu. Florence est follement amoureuse du prof intérimaire. Il ne s'est pas déclaré. S'il l'embrasse rien n'est perdu.

C'est l'attente. À quoi penses-tu ? À la mort de Louis XVI. On ne plaisante pas avec ces choses-là. Je pense à la mort du chêne. Flotte dans l'air comme un regret, un désir intense de ce qui pourrait être. Les hommes (les femmes aussi) se tiendraient par la main. Dit Yolène. On oublierait bientôt que le blouson du pompier bénévole a été taché gâché, le sang frais sur la tronçonneuse et même on réussirait à ne plus se souvenir qu'ils ont tué Marie-Antoinette (pas ses enfants). Faites mon Dieu que le temps revienne en arrière. Yolène assure fermement qu'alors tout irait mieux.

Tout ira mieux. Ce qui est passé demeure. La reine est sur l'échafaud. On va lui trancher le cou. Jusqu'au bout elle a été digne et fière. A refusé la confession.

Le prof du collège Pierre-Emmanuel-Favier un de ces jours, tout le monde le dit, se mariera avec Yolène.

Florence l'apprentie psychologue plie ses vêtements et rassemble ses livres. Elle retourne à l'université. Des larmes tombent dans sa valise.

FAUTE À QUI ?

Paapa.

Je disais ça quand il rentrait tard, fatigué par son travail.

Après je disais, Maaman. Oui mon chéri, répondait ma mère. Elle est douce elle est super.

Elle avait mis sa jolie robe et papa bougonnait, C'est pour qui tes toilettes ? Pour toi, disait maman.

Papa réclamant son dîner. Papa affalé contre la table. Moi j'avais déjà mangé ma soupe et mon yaourt bioacidophilus et parfois (exceptionnellement) un gâteau bourré de crème (maman me recommandait de pas en parler à mon père). Je faisais mes devoirs sur l'abattant près de l'évier, Attention m'man, tu vas m'éclabousser. Quand j'avais fini je jouais, avec rien, un jeu dans ma tête. J'imagine que je suis le petit dernier de la famille – être grand frère j'aimerais pas. Y a des grands frères qui se rendent à l'usine et chaque soir traînent au bar du coin. Ils annoncent qu'ils vont boire un verre puis c'est deux et trois et quatre, ce serait comme un tas de pères qui reviendraient désaltérés à la maison et qui trouveraient à redire que je siffle de la grenadine (trop sucrée tu vas grossir). Les grands frères vous rapportent aussi des avantages. Ça vous emmène au cinoche au foot au rugby ou encore écouter du rock, ça vous apprend le karaté.

Je joue encore à ce jeu-là. De temps en temps. Le karaté c'est pas mon truc. J'en ai zéro, de frères. J'ai seulement un papa.

Autrefois il était jeune. Il riait il m'appelait son copain. Depuis je l'ai attendu tous les jours après l'école et j'espérais qu'à son retour il serait un père comme avant.

Paraîtrait que c'est le vin qui l'a changé. Il aurait dû boire de l'eau. Il grognait, Je suis pas une baleine.

Avec un peu de grenadine, non ?

Maintenant qu'il boit tout ce vin des choses étranges arrivent. La nuit, j'entends des bruits. Des petits cris. Le matin je dis rien, maman m'a arrêté quand j'allais demander. Puis elle a ri, Faut pas te tracasser, bonhomme, c'est ton papa qui me chatouille.

Souvent je suis pas sûr. L'autre soir, je me suis relevé, c'était une plainte, comme lorsque moi j'ai mal aux dents et que maman chuchote, Je te donne un cachet ne réveille pas ton père. Pendant qu'elle cherche dans le tiroir je me force à me taire. N'empêche que sortent encore des geignements de sous mes draps.

Y a des nuits à petits cris où je dis maaman si bas qu'elle capte rien. J'ose pas ouvrir la porte. C'est peut-être un fantôme qui raconte aux fantômes des histoires de fantômes, des histoires tristes, les fantômes sont pas heureux on n'en parle pas dans les livres, le contraire serait étonnant puisqu'ils sont morts.

Ils étaient là qui gémissaient, les fantômes. Ou bien c'était maman.

Un jour il est rentré tôt, papa. Salut, me voilà. Proclamant qu'il était au chômage. Imitant ma mère, Je te l'avais bien dit. S'pas ? Ressors-moi ça pour l'occasion. Il a tiré une bouteille de son sac. Il s'est servi, et rigolant, On trinque ? Maman lui a tourné le dos.

Les gens qui s'occupent des chômeurs l'ont casé comme manutentionnaire, pas terrible. Pendant quelques semaines il a reconnu les mérites de l'eau du robinet. Puis le vin lui a manqué. Il est même allé jusqu'à se vanter d'en absorber sans dommage deux ou trois litres à la suite. Le patron l'a prévenu que ça pouvait pas durer.

Ben il l'a eue. Sa crise. En plein milieu de la rue. Il hurlait qu'y avait des serpents. Et des monstres. S'en est pris aux monstres. S'est flanqué par terre. On l'a redressé il tenait plus debout, on l'a ficelé sur un brancard.

Les flics déclaraient que mon père resterait chez eux jusqu'au lendemain et après faudrait qu'il passe en désintox. Pleurez pas madame, ils gueulaient, on vous le rendra doux comme un mouton. Je veux pas d'un mouton, moi, ce que je veux c'est un mari qu'elle a répondu, ma mère. Les keufs ont pas moufté.

Papa n'est plus là. À moi aussi il manque. Le père qu'il était avant et même celui qu'il est devenu. Plutôt celui d'avant, bien sûr. Celui des jeux qu'on faisait. Quand j'étais petit, le cheval l'avion le trapèze. Des jeux pas pour les filles j'avais peur. Et pourtant je les réclamais, ces jeux, trépignant, tendant les bras. Une fois papa m'a lancé. J'adorais ça. Le jeu du bébé qui s'envole. C'étaient des éclats de rire. Lorsqu'on a recommencé j'ai pas su me retenir avant d'atteindre le plafond, monter juste un peu en dessous de la rosace sans heurter le dur, bing, avec mon crâne encore mince. Freiner sec.

J'aurais dû faire gaffe. Je voulais que papa soit fier d'avoir un gamin léger comme un oiseau. Je voulais, rien que par son élan, foncer droit jusqu'au ciel. Sous le ciel y avait du plâtre j'y pensais pas.

Quand on m'a emmené à l'hôpital parce que je causais à peine, que pourtant j'avais l'âge, le médecin a dit qu'on m'avait peut-être abîmé en me secouant de la sorte et que – Docteur, j'ai dit dans ma tête, mon père m'a pas vraiment secoué, c'est en visant les nuages que je me suis cogné. Bang, je riais tant, mon père a cru que c'était bon pour moi.

Après je voulais plus. Trop tard.

Le soir, assis à table, mon père a demandé – pas commode – Qu'est-ce qu'il a inventé, le doc ? Maman pleurait, elle a avoué qu'il prétendait que j'étais un pauvre gosse avec de mauvais parents. Elle a murmuré, Fallait pas être aussi brutal. Et puis, Je te l'avais bien dit. Papa a sifflé son verre de vin du dîner, s'en est versé un deuxième, puis un autre. C'était parti.

Maman a essayé d'arranger les choses. Elle s'est remise à être gentille. Et jolie, s'habillant très chouette se coiffant extra et toujours disant oui à papa ça changeait rien. Quand il avait bu papa menaçait, Attention je vais cogner.

Moi il m'a plus jamais touché.

Il croit qu'il m'a esquinté. Je suis pas taré, pourtant.

J'aurais dû expliquer, Non papa je te jure. Maman a écopé. Maman qui a seulement prononcé sans colère, Je te l'avais bien dit.

Maintenant me voilà grand, solide. Qu'il soit là ça me suffirait. Il m'enverrait pas en l'air. Je suis devenu trop lourd et lui plus assez fort. On pourrait se parler.

Maman et moi on regarde la pendule quand c'est l'heure de retour du travail. Maman annonce, Sa soupe est prête. Puis elle corrige, *La* soupe est prête. Chaque samedi elle appelle avec son mobile. Là-bas le toubib a dit que le nouvel assisté fait guère de progrès, l'état reste stationnaire. À croire qu'à la désintox y a pas une infirmerie mais un Café du commerce avec du vin dans les placards, des bouteilles de cabernet alignées sur les étagères et des filles qui vous servent à boire en souriant comme dans les bars.

Papa a dû oublier qu'on l'attend. Que la soupe ça se mange en famille. J'en prends plus, je mange du fromage et du pain. Et maman, j'imagine, aimerait mieux parfois recevoir une taloche plutôt qu'éplucher des légumes pour un potage qui sert à rien.

C'est pas sa faute. À mon père.

C'est ma faute. À moi.

SUR LA JETÉE, À BRIGHTON

Enroulements de fer forgé, volutes. Vastes spirales accompagnant les croisillons de la rambarde. Supports de bronze également espacés d'où pendent au point le plus bas des festons réguliers de la chaîne les lanternes octogonales. Vrilles et raisins sculptés en demi-bosse entre les feuilles, leurs découpures profondes, leurs pédoncules triangulaires, palmes bouclées, plumets, guirlandes et l'eau fait briller le revêtement de laque, l'ocre ternie du minium n'apparaissant qu'à l'endroit des soudures. Formes à toucher autant qu'à voir. Ta main s'arrête au creux d'un joint et l'explore, l'ongle grattant un bourgeon bifide tandis que la pluie tache ton blouson de cuir, qu'en dessous des planches à claire-voie un flot mousseux ballotte les débris de la plage, des papiers à bonbons, un carton déchiré, l'étiquette se décolle se déroule, un instant expose le rire d'un couple, doigt tendu vers un soleil rouge.

D'ordinaire, à l'entrée de la jetée dans une guérite un homme en uniforme sombre délivre les billets. Ce matin – aurait-on annoncé une tempête ? – le volet est resté verrouillé, le portillon fermé, il fallait l'enjamber pour accéder à la jetée côté ouest, ce qui n'a pas retenu les promeneurs du samedi ni les pêcheurs alignés sur deux rangs et entre eux sont disposés la musette ou le panier, la corbeille aux hameçons les bobines les appâts dans un bocal de verre. Les lignes sont lancées par-dessus les balustres qui s'évasent en pilastres ébrasés, au stuc rongé par le sel. Tu enfonces ton livre dans ta poche. Tu touches mon visage tes doigts sont doux et chauds, je ris. Parfois ton souffle – où en étais-je ? Les familles. Adultes assis sur des pliants près de la rotonde du bingo, enfants courant çà et là trébuchant réclamant leur repas, figés le nez en l'air devant le kiosque aux maillots de louage – serviette et bonnet inclus dans le forfait horaire. Un gosse sautille et s'affale sur le sac à provisions écrasant les tomates, Tu ne peux pas faire attention, dit la nanny développant les sandwichs, le jambon est rose entre les tranches de pain. Les marmots piaillent et se bousculent, s'écartent emportant leurs tartines, chaque miette qui tombe dans l'écume déclenche le plongeon d'un oiseau de mer.

Tu dis que c'est la vie, nous aurons des enfants qui sauteront à cloche-pied les joints des trottoirs, que nous emmènerons en pique-nique dans les parcs et sur les jetées. Obstinés à s'enquérir du comment et du pourquoi des choses. Ils demanderont à voir les dauphins, culbutant, jouant au ballon. Et nous dirons qu'après tout c'est de leur âge c'est normal, en versant dans le gobelet de la thermos le thé noir et trop sucré (laisse refroidir, bois proprement). Il serait bon cependant de s'informer des méthodes employées pour le dressage de ces animaux délicieux, de ces énormes bêtes (dauphins : mammifères cétacés, carnivores et denticètes, amis de l'homme à ce qu'on prétend mais on en a vu devenir schizophrènes). Quelqu'un soutiendra qu'on les prend par la douceur c'est connu, Mabel seule ne dira rien parce qu'elle n'a jamais d'opinion personnelle, et une voix grave et impérieuse s'élèvera suggérant qu'un bassin sous une coupole n'est rien d'autre qu'une prison pour les pauvres créatures.

La jetée s'élargit dans sa partie médiane en une plate-forme circulaire recouverte d'un toit de zinc décoré de fleurs de lis. Sous son abri, le samedi soir, l'orchestre joue des airs mélancoliques. Deux banquettes sont fixées contre le treillis. Tu es au bord de l'estrade tu attends que je te rejoigne. Très vite je suis près de toi j'appuie mon épaule contre ton bras ma tête contre ton épaule, je dis qu'on pourrait séjourner là longtemps on ferait des projets. Tu m'avoues que toi et Mabel, un soir au printemps dernier – Je dis que c'est du passé n'y pensons plus. Terminé. Viens.

Nous marchons. Dans le hall de la Fortune devant les ampoules clignotantes sous la lumière dure des tubes au néon une femme ridée recroquevillée féroce secoue en vain la poignée du distributeur. Ses lèvres sont agitées d'un tic nerveux. Elle glisse deux pièces dans la fente, grimace et tire avec violence. Je frappe et tire à mon tour, je constate que cette fois encore la lumière s'allume au 5 quand j'ai misé sur le 3. Tu dis, Non ce n'était rien, un caprice un moment de folie, ça n'arrivera plus, on s'aime. Je dis, Les amoureux des jours anciens – Tu dis, Regarde. Et au-delà des colonnes, des arcades, je vois la plage de ce temps-là, jadis, un dimanche d'été, les enfants coiffés de charlottes empesées tenant sagement leur cerceau, les hommes aux canotiers légers, aux costumes de toile blanche, les jeunes filles en chapeau-jardin, caraco de batiste et jupe à l'ampleur soutenue par un cotillon froncé qu'elles relèveront d'un geste décidé jusqu'à mi-mollet pour pénétrer dans l'eau. Un adolescent au grand col marin porte à deux mains une vaste ombrelle protégeant le teint délicatement froissé d'une dame encore jolie, le dos droit la tête altière. Les visions s'évanouissent. Ce n'étaient que rêves nés des souvenirs d'une histoire racontée, d'une image contemplée, carte postale tableau photo jaunie retrouvée au grenier. Et toi. Même toi n'es ici qu'à peine. Seul semble vrai le cri des mouettes, une plainte hivernale qui conviendrait à une jetée déserte.

Les pêcheurs ont laissé leurs lignes contre la rampe, sont allés se grouper autour d'un brasero. Sans se soucier des interdits. Refusant d'admettre que la jetée pourrait flamber, le pavillon des merveilles avec ses longues-vues fouillant l'aquarium où sont représentées toutes les espèces d'oursins, de poulpes, d'astéries, les algues tissant le décor des profondeurs sous-marines traversées de lueurs glauques et s'y ouvrent des cavernes palpitant d'une vie mystérieuse, tout cela faux, en trompe l'œil, arrangement de formes et de couleurs en une dérisoire tentative pour faire croire. Toi nonchalamment assis sur l'escalier descendant vers la mer, insoucieux des éclaboussures, au-dessus de l'enseigne du pub qui tournoie et grince. Là se termine notre promenade, en ce lieu vieillot et confortable où il y a toujours de la bière. Tes mains ton corps ta chaleur. Ton souffle. Soudain ton souffle. Nous prenons place auprès du poêle à gaz sur la banquette de velours gris brillant d'usure. Les joueurs de backgammon, les habitués des cartes boivent un gin and sweet italian. Tu dis que s'ils partaient tu t'étendrais sur moi et nous ferions l'amour. Je dis calmement que Mabel – Tu dis que Mabel ira geindre et se plaindre bien loin d'ici, oui j'avais raison, dans un autre univers, tu prétends que nous sommes seuls au monde, que le monde nous appartient, rues maisons prairies. Et la jetée, la jetée même, enroulements de fer forgé, volutes.

Tu disais. Mais tu es parti. Je vais, je marche seule et lentement jusqu'à l'étroite passerelle qui s'avance vers le large, d'où tant de fois déjà j'ai attendu qu'enfin réapparaisse un point une tache à l'horizon, qui grossirait, se changerait en navire arrivant des tropiques. En descendrait un homme qui porterait ton nom, te ressemblerait comme un frère. Tant d'années ont passé, tant de pêcheurs ont ramassé, brisé pour leurs feux le bois des épaves, tant de fois la lune a décliné ses phases et si souvent j'ai consulté les journaux les listes, enquêté près des agents des services maritimes, dans les ports et les capitales, du simple employé aux administrateurs, parfois arrogants et distraits, parfois enjoués offrant leur aide feuilletant des dossiers où tout n'est pas enregistré loin de là, disaient-ils, rappelez plus tard, vous devriez chercher ailleurs, écrire à une autre adresse, tel département tel bureau tel secteur, au chef hiérarchique au ministre. Ce que Mabel a fait, peut-être. Dans le cri obstiné des mouettes, dans le vent le bruit des marées trouvant des signes. Je me penche, je vois entre les planches se soulever la vague qu'une brusque rafale écrase sur un pilier.

Et toi au bout de la jetée appuyé à la balustrade, dédaignant le bar et les machines à sous, tournant le dos au train fantôme, au pavillon de l'épouvante avec ses crânes qui s'entrechoquent à la flamme d'une bougie qu'un doigt a marquée de son empreinte, toi qui longuement as regardé la mer, ne quittant pas des yeux ce bateau allant vers les îles – et l'un s'étonnait, quelle idée étrange, désirer le soleil des tropiques l'air ardent et métallique quand on a toujours vécu dans la brume, un second disait que ce pouvait être l'occasion d'un recommencement d'une remise en question mais de quoi et à quoi bon demandait alors le troisième et Mabel suivait sans rien dire, s'arrêtant à cet endroit où tu étais resté un moment immobile, déjà rêvant d'un grand départ. Moi reprenant mes notes, relisant ton histoire, écrivant encore une fois le même passage, désormais vide d'émotion – serais-je enfin à demi morte – ne vais-je pas soudain reconnaître la vieille douleur qui se réveille et me déchire – cependant que je cherche encore à prolonger le discours à la fin incertaine, butant sur la même phrase, Et toi au bout de la jetée appuyé à la balustrade, tournant le dos –

Rendez-vous

Vous avez pris, monsieur, un billet de première classe. Pour X, aller-retour. Vous êtes assis dans un compartiment non-fumeurs aux banquettes confortables. Seul. Vous avez choisi d'occuper un siège en sens inverse de la marche. Vous tenez à la main un petit livre et vous venez d'en lire vingt pages depuis *There's some bad trouble here* jusqu'à *where the body has been lying*. C'est *The Great Gatsby* en édition de poche, un geste maladroit, le livre glisse sur vos genoux, le soleil touche votre visage, vous levez les yeux. Vous vous penchez vers le couloir. Vous dites Ah, presque un cri. Encadrée dans la vitre vous avez vu, monsieur, comme une photo en couleurs, l'image d'une maison de garde-barrière entourée d'un jardin. Devant un buisson d'hortensias une femme est assise dans un fauteuil de toile, la tête à demi renversée sur l'épaule. Ses longs cheveux pendent contre son bras le couvrant jusqu'au coude. Une tache rouge s'étale largement sur la robe mauve, du col jusqu'à la taille. Vous voilà debout cherchant d'une main fébrile l'anneau d'alarme sur la cloison. Avant que vous puissiez l'atteindre le train est entré en gare. D'un mouvement sec du poignet vous retirez à présent votre serviette de cuir du filet à bagages, enfonçant le livre dans la poche extérieure. Vous renoncez au rendez-vous avec l'ami qui vous attend à X au Café du commerce. Vous sortez du compartiment vous descendez du wagon. La voix dans le haut-parleur annonce que le prochain train pour X est à 19 h 52. Vous l'entendez à peine. Vous marchez serrant le porte-documents sous votre bras replié. Vos chaussures de ville vous font mal aux pieds.

Le chemin de terre longe les rails, de l'autre côté il y a le champ d'avoine, vous courez à la lisière du champ vers la route départementale et le passage à niveau. Voici l'arbre au bord du sentier, le mur blanc la barrière relevée. Des appels d'oiseaux, votre souffle inégal, enfin la haie de troènes.

Au centre d'une pelouse minuscule un chapeau de paille tressée a été abandonné sur un siège. Les hortensias près de la maison tournent au rose vif. La porte s'ouvre, une femme s'avance jusqu'au seuil, elle a noué ses cheveux sombres en un chignon maladroit, des mèches s'en échappent. Elle est vêtue d'un tricot de coton aux larges mailles et d'une jupe de tissu soyeux. Elle sourit, tend le bras, Vous pouvez traverser la voie si vous allez à N, le bourg c'est tout droit. Mais vous avez bien un moment, je viens de presser des oranges, l'occasion de vous rafraîchir il fait chaud une orangeade glacée c'est juste ce qu'il faut. Elle a tiré un des battants du portillon, elle vous invite à vous asseoir près de la table au parasol. À nouveau elle sourit, Une chaleur écrasante, juin a été très beau, elle rentre dans la maison, en rapporte sur un plateau deux verres et la cruche de grès. Du jus de fruits rien n'est plus sain, servez-vous, pour moi très peu, dit-elle. Contre sa poitrine elle tient une boîte à biscuits, le couvercle est rouillé, elle ouvre la boîte, Mangez, c'est pur beurre, elle s'installe dans le fauteuil de jardin, le chapeau sur les genoux elle s'agite se balance saccageant l'herbe. La pelouse se tache d'ocre et de roux entre les touffes épargnées.

Vous êtes assis, vous tenez le verre dans votre main gauche, de l'autre main vous choisissez un biscuit à l'angélique. Elle dit qu'elle va préparer le dîner, Restez, ce ne sera pas long, déjà les pois sont écossés. Elle devra tout à l'heure baisser les barrières puis encore avant la nuit. Elle se lève, Autrefois, dit-elle, on voyait des gens par ici tous les jours, à présent c'est fini ils préfèrent l'autoroute. Elle ajoute, On est tranquille. Vous buvez, c'est frais et piquant.

Elle a servi le repas dans la cuisine elle disait que le temps virait à l'orage, elle avait mal à la tête. Sur la nappe à carreaux elle a disposé l'assiette de jambon, les légumes dans un plat émaillé, la corbeille de pain, deux couverts. A montré le cerisier, Là-haut le dessert attendra. Le repas terminé vous l'observez qui gère le passage du train de marchandises, elle a refusé votre aide, Laissez, j'ai l'habitude.

Elle dit que vous n'allez pas grimper sur l'arbre ainsi habillé en tweed et flanelle, elle fouille dans un coffre, en sort un pantalon de toile, vous invite à entrer dans la chambre, à changer de vêtements. La pièce est obscure. Vous remarquez pourtant au pied du lit la lingerie en dentelle, le drap est rabattu, l'oreiller fripé.

Vous posez votre costume sur la chaise au dossier en rotin.

Vous êtes dans l'arbre, vous cueillez les cerises très mûres qui s'écrasent en poissant vos mains. La femme est sur l'échelle appuyée au tronc du cerisier, elle a fixé le panier à la fourche des deux grosses branches, elle se penche pour y jeter les fruits et vous voyez le creux de son aisselle, jaune pâle et rose au plus profond.

Maintenant elle est sur la pelouse, vous auprès d'elle. L'odeur des rameaux rompus, des feuilles meurtries, s'alourdit étouffant le parfum des lavandes. Tout a bleui dans le jardin. Elle rit, chuchotant des mots que vous ne comprenez pas, se relève, fuit en courant. Quand vous avez tourné la tête les barrières descendaient en travers de la route et le dernier train est passé.

Elle dit, Vous voyez – et puis, J'en étais sûre il aura pris le service de nuit sans me prévenir. Elle explique qu'elle doit être prudente son mari est jaloux, parfois il s'arrange avec des camarades, l'un d'eux le remplace, il rentre à l'improviste. Elle dit, Aujourd'hui il est parti trop loin. Il est brutal, elle soupire, Il menace, si un jour j'apprenais, mais il ne saura rien. Tant qu'il ne verra pas un signe, un objet oublié. Il cherche il interroge. Elle le quittera. Bientôt. Elle a desservi la table. Mis les assiettes dans l'évier. Secoué dehors la nappe, bâillé. À présent dans la chambre la lumière jaune du pylône en bordure de la voie traverse les volets aux planches mal ajustées dessinant des rayures sur son corps étendu. Elle gémit, Ah mon cœur est comme fou je n'en peux plus d'attendre. Vous n'en finissez pas de défaire les boutons de votre chemise blanche où l'herbe foulée a tracé des balafres.

Elle s'est levée de bonne heure pour manœuvrer les barrières. Vous l'entendez qui marche dans la cuisine l'odeur du café vous enchante, elle a repoussé les volets l'ombre des branches frissonne au vent. Vous êtes allongé sur le dos vos doigts lentement défroissent le drap contre vos jambes, la veine de votre front bat. Vous avez faim. Votre costume est à présent sur un cintre accroché à la clé de l'armoire, le pantalon plié de travers bosselé déformé. Vous avez gardé de l'enfance la mauvaise habitude des trésors plein les poches.

Vous rentrez chez vous le soir de ce jour-là, lentement vous montez l'escalier, vous vous couchez tôt et vous dormez sans rêves. Le lendemain vous reprenez votre fonction de directeur à l'agence. Deux jours plus tard vous décidez d'aller à X, cette affaire à traiter, vous y verrez l'ami du rendez-vous manqué, vous lui avez téléphoné, parlé d'un soudain malaise, désolé vraiment, il est heureux d'apprendre que vous vous sentez mieux. Il est d'accord pour vous rejoindre à X, au Café du commerce. Cette fois encore vous voyagez seul dans un compartiment de première classe. Vous contemplez le paysage que vous connaissez bien où tout est ordinaire, vous vous réveillez d'un songe, le souvenir vous étonne de longs cheveux mêlés, d'une voix murmurant, Revenez. Elle a dit que pour vous accueillir elle achètera une robe mauve c'est si joli près d'une touffe d'hortensias. Vous êtes anxieux agité vous ne voulez pas voir le carré de gazon ni le grand cerisier. Vous explorez votre serviette à la recherche d'un livre distrayant. Scott Fitzgerald. Vous le feuilletez, il vous attriste. Vous ouvrez le journal du matin acheté au kiosque de la gare, vous resterez à l'abri du journal déployé quand le train atteindra le passage à niveau. Dix-huit heures, vos mains tremblent en tournant la page. Vous lisez que la garde-barrière de la petite commune de N a été assassinée dans son jardin hier après-midi. Son mari l'a trouvée sur la pelouse un couteau dans la poitrine.

Lorsque vous relevez la tête le train arrive en gare de N. Vous suffoquez, la sueur mouille votre front et vos tempes. Vous plongez la main dans la poche de votre pantalon pour y prendre un mouchoir. Le fond de poche est décousu. Vous faites une vilaine grimace, vous dites Oh. À peine un cri. Vous avez perdu votre couteau.

Week-end

Elle m'a dit – sa voix est bizarre, changeante, venant des profondeurs et soudain haut perchée – Elle m'a dit, Qu'est-ce qui t'arrive ? T'as oublié de te laver.

Au foyer où je crèche l'hygiène est pas terrible. Je m'en fous. Elle m'a dit, Viens. Tu prends une douche et je te donne ton goûter.

J'ai rien répondu. Parce qu'elle entend pas.

Elle m'a poussé dans le couloir. Elle est allée dans sa chambre, m'en a rapporté une serviette de toilette. Bleue. Avec des fleurs. Blanches. Elle m'a indiqué la salle d'eau. Là je me suis déshabillé.

Déjà je sentais l'odeur du chocolat qui se mélangeait au lait dans la casserole qu'elle avait mise sur le gaz.

J'ai tourné les deux robinets au hasard jusqu'à obtenir de l'eau tiède. J'ai pris le savon qui m'a glissé entre les doigts, je l'ai ramassé.

Elle avait dit, Frotte. J'ai frotté.

J'ai renfilé mon tee-shirt crasseux, mon pantalon taché. Dans la cuisine elle m'a versé un grand bol de chocolat fumant. M'a coupé des tartines. J'ai dit merci sans la regarder. Je regardais la toile cirée de la table elle a pas vu bouger mes lèvres.

Elle entend pas. Depuis le jour de sa naissance elle a jamais rien entendu. Ni le bruit du tonnerre. Ni les pétarades des scooters. Ni le vent dans les branches. Encore moins le chant des oiseaux. Ou le chuchotement d'un « merci ». Au foyer ils m'avaient informé que j'irais chez une femme – mais non, pas vieille – inscrite à l'association qui se charge d'accueillir les orphelins le week-end. Karine. Et comme j'avais l'habitude de gueuler pour une chose ou une autre on me prévenait qu'elle était sourde. Ça te convient ? M'est égal, j'ai dit.

Ça m'a convenu. J'y suis retourné. Chaque fois que j'ai eu la permission. Elle était chouette. J'allais pas lui raconter ma vie puisqu'elle entendait pas. Elle me recevait comme le gars qui rentrerait au logis après une fugue sans conséquence. Elle disait de sa voix tantôt aiguë tantôt rauque (y pouvait rien), En voilà une dégaine. Où as-tu encore traîné ? Elle retirait de son armoire une serviette. À fleurs.

Sur le seuil de la salle d'eau ce soir-là elle m'a déclaré, Il y a un peignoir accroché à la patère. Laisse tes habits en tas devant la porte.

Je suis resté comme ça pour le dîner, drôlement fringué, mal à l'aise. Puis j'ai dormi tout nu dans la chambre d'amis. J'ai eu un drôle de rêve et un peu salopé les draps, la honte. Le lendemain à l'heure du déjeuner (en peignoir) j'ai trouvé mon short mon slip et mon tee-shirt étalés sur une chaise de la cuisine, propres et repassés.

Elle a dit, Tu vaux trois sous de plus. De sa voix étrange. Une voix où elle savait pas trop mettre son plaisir ou sa peine. Une voix qu'elle entendait pas.

Et puis y a eu le mec. Martin, il s'appelait. Envoyé par son patron pour vérifier le chauffe-eau. Martin s'est pointé en urgence. Le ballon qui foirait. C'était un samedi, j'étais là. Il a bricolé avec ses tournevis et ses clés spéciales. Une heure de défonce et il a dit, Bon, voilà, j'ai fini. Le patron enverra la facture. Impec.

De nouveau quinze jours plus tard j'ai débarqué au HLM. Chez Karine. Martin m'a ouvert la porte. Avec des façons de propriétaire. Qu'est-ce qu'il avait bien pu lui conter ? Quel bla-bla, quel baratin ? À elle qui entendait pas. Y a des filles qu'on peut enjôler sans prononcer une parole ? Il l'avait caressée ? Embrassée ? Cette fois-là, vu qu'au foyer j'avais lancé des conneries visant le surveillant de service, on m'avait seulement accordé la perm du dimanche après-midi. Elle est entrée dans la chambre pour m'équiper d'une serviette (bleue, à fleurs blanches). Par la porte entrouverte je voyais le blouson de Martin jeté sur le dossier d'une chaise.

Il disait rien, le Martin, mais son silence parlait pour lui. Sûrement il était vénère.

Dans l'appart de quelqu'un qu'entend pas on apprend à sentir ce qui s'y pense. Je sentais la sale humeur de Martin. Il se posait des questions. Elle a pas su lui expliquer que j'étais pour elle comme un petit frère. J'ai seulement quatorze ans même si j'en parais trois de plus. J'ai pris ma douche je me suis rhabillé. Elle m'a servi mon bol de chocolat.

J'ai réussi à m'arranger pour que mes sorties week-end tombent les samedis où Martin regagnait son village à cause de l'entraînement de foot. Je couchais dans la chambre d'amis. Le matin mon linge était lavé séché repassé.

D'ordinaire, quand j'arrivais, Karine était souriante, elle me serrait très fort, elle glissait un doigt sur ma joue sur mes lèvres, c'était notre langage des signes personnel.

Ce jour-là elle tremblait. Y avait deux policiers chez elle. Elle m'a pas envoyé à la douche. Elle a simplement chauffé mon chocolat et coupé une tartine. Les schmitts – un homme et une femme – entre eux discutaient sévère. Disaient qu'il fallait qu'elle se rende au commissariat et porte plainte. S'exclamaient que cet argent, quelle idée de le garder en espèces ? Aurait dû le déposer à la banque. Qui a fait le coup ? ils bougonnaient.

Tout de suite je me suis dit que c'était Martin.

Les uniformes écrivaient pour Karine des questions sur leur carnet. Quelqu'un est venu vous voir ? Qui donc savait que cette boîte renfermait vos économies ?

Elle disait, Oh Martin n'aurait jamais – Martin est honnête. On doit se marier lui et moi. Il est parti l'annoncer à son père. Il reviendra.

J'avais une boule dans la gorge. C'était le pain beurré qui se mettait en travers. J'ai avalé après cinq secondes. J'ai baissé la tête et de l'index je me suis frappé la poitrine. Ben oui, ça voulait dire, C'est moi.

Et puis j'ai aussi déclaré, rapport aux flics qui cherchent les aveux, que j'avais dépensé le pactole sans délai. À la fête foraine. J'ai même ajouté pour plus de vraisemblance que je m'étais bien marré.

Pendant que la policewoman renfilait sa parka, cette meuf à l'air pas commode qui me ramènerait au foyer et là une éducatrice m'expédierait aux douches avant de me conduire chez le dirlo où serait délivrée la sentence, Karine est restée toute droite, immobile.

Alors j'ai dit, Tu vois, je t'aime.

Parce qu'elle entendait pas.

TABLE DES MATIÈRES

Petits instantanés

(Pocket n° 11712)

Que fait Monsieur Louis de ses journées ? A-t-on le droit de manger de la réglisse avant sa communion ? Quel est le prénom de Mademoiselle Trévert ? Où est passé Hernan ? Comment s'habiller ce matin ? Autant de questions qui animent les personnages de ce nouveau recueil de nouvelles savoureuses d'Annie Saumont ; elle nous immerge dans la poésie de la vie quotidienne, faite de plaisirs, d'envies et de regrets.

Composé par Nord Compo
à Villeneuve-d'Ascq (Nord)

Imprimé en Espagne par
Litografia Rosés
à Gava
en mai 2010

POCKET – 12, avenue d'Italie – 75627 Paris cedex 13

N° d'impression : <00000>
Dépôt légal : juin 2010
S19114/01